水滸傳

册七

施耐庵 著

北京聯合出版公司

第八十五回　宋公明夜度益津關　吳學究智取文安縣

話説當下歐陽侍郎奏道：『宋江這伙都是梁山泊英雄好漢。如今宋朝童子皇帝，被蔡京、童貫、高俅、楊戩四個賊臣弄權，嫉賢妒能，閉塞賢路，非親不進，非財不用，久後如何容的他們。論臣愚意，郎主可加官爵，重賜金帛，多賞輕裘肥馬，臣願爲使臣，説他來降俺大遼國。郎主若得這伙軍馬來，覷中原如同反掌。臣不敢自專，乞郎主聖鑒不錯。』大遼國主聽罷，便道：『你也説的是。你就爲使臣，將帶一百八騎好馬，一百八匹好緞子，俺的敕命一道，封宋江爲鎮國大將軍，總領遼兵大元帥，賜與金一提，銀一秤，權當信物。教把衆頭目的姓名都抄將來，盡數封他官爵。』衹見班部中兀顔都統軍出來啓奏郎主道：『宋江這一伙草賊，招安他做甚！放着奴婢手下有二十八宿將軍，十一曜大將，有的是强兵猛將，怕不赢他！若是這伙蠻子不退呵，奴婢親自引兵去剿殺這廝。』國主道：『你便是了的好漢，如插翅大蟲，再添的這伙呵，你又加生兩翅。你且休得阻當。』遼主不聽兀顔之言，再有誰敢多言。原來這兀顔光都統軍，正是遼國第一員上將，十八般武藝無有不通，兵書戰策盡皆熟閑。年方三十五六，堂堂一表，凛凛一軀，八尺有餘身材，面白唇紅，鬚黄眼碧，威儀猛勇，力敵萬人。上陣時仗條渾鐵點鋼槍，殺到濃處，不時掣出腰間鐵簡，使的錚錚有聲。端的是有萬夫不當之勇。

且不説兀顔統軍諫奏，却説那歐陽侍郎領了遼國敕旨，將了許多禮物馬匹，上了馬，徑投薊州來。宋江正在薊州作養軍士。聽的遼國有使命至，未審來意吉凶。遂取玄女之課，當下一卜。卜得個上上之兆。便與吳用商議道：『卦中上上之兆，多是遼國來招安我們。似此如之奈何？』吳用道：『若是如此時，正可將計就計，受了他招安。將此薊州與盧先鋒管了，却取他霸州。若更得了他霸州，不愁他遼國不破。即今取了他檀州，先去遼國一隻左手。此事容易。衹是放些先難後易，令他不疑。』

且説那歐陽侍郎已到城下，宋江傳令教開城門，放他進來。歐陽侍郎入進城中，至州衙前下馬，直到廳上。叙禮罷，分賓主而坐。宋江便問：『侍郎來意何幹？』歐陽侍郎道：『有件小事，上達鈞聽，乞屏左右。』宋江遂將左右喝退，請進後堂深處説話。歐陽侍郎至後堂，欠身與宋江道：『俺大遼國久聞將軍大名，争耐山遥水遠，無由拜見威顔。又聞將軍在梁山大寨，替天行道，衆弟兄同心協力。今日宋朝奸臣們，閉塞賢路，有金帛投于門下者，便得高官重用，無賄賂投于門下者，總有大功于國，空被沉埋，不得升賞。如此奸黨弄權，讒佞僥幸，嫉賢妒能，賞罰不明，以致天下大亂，江南、兩浙、山東、河北，盗賊并起，草寇猖狂。良民受其塗炭，不得聊生。今將軍統十萬精兵，赤心歸順，止得先鋒之職，又無升授品爵。衆弟兄劬勞報國，俱各白身之士。遂命引兵，直抵沙漠。受此勞苦，與國建功，朝廷又無恩賜。此皆奸臣之計。若將沿途擄掠金珠寶貝，令人饋送浸潤，與蔡京、童貫、高俅、楊戩四個賊臣，可保官爵恩命立至。若還不肯如此行事，將軍縱使赤心報國，建大功勛，回到朝廷，反坐罪犯。歐某今奉大遼國主，特遣小官賫敕命一道，封將軍爲遼邦鎮國大將軍，總領兵馬大元帥，贈金一提，銀一秤，彩緞一百八匹，名馬一百八騎。便要抄録一百八位頭領姓名赴國，照名欽授官爵。非來誘説將軍，此是國主久聞將軍盛德，特遣歐某前來預請將軍，招安衆將，同意歸降。』

宋江聽罷，便答道：『侍郎言之極是。争奈宋江出身微賤，鄆城小吏，犯罪在逃，權居梁山水泊，避難逃灾。宋天子三番降詔，赦罪招安。雖然官小職微，亦未曾立得功績，以報朝廷赦罪之恩。今大遼郎主賜我以厚爵，贈之以重賞，然雖如此，未敢拜受，請侍郎且回。即今溽暑炎熱，權且令軍馬停歇，暫且借國王這兩座城子屯兵，守待早晚秋凉，再作商議。』歐陽侍郎道：『將軍不弃，權且收下遼主金帛、彩緞、鞍馬，俺回去慢慢地再來説話，未爲晚矣。』宋江道：『侍郎不知，我等一百八人，耳目最多。倘或走透消息，先惹其禍。』歐陽侍郎道：『兵權執掌，盡在將軍手内，誰敢不從。』宋江道：『侍郎不知就裏，我等弟兄中間，多有性直剛勇之士。等我調和端正，衆所同心，却慢慢地回話，亦未爲遲。』有詩爲證：

金帛重馱出薊州，熏風回首不勝羞。遼主若問歸降事，雲在青山月在樓。

于是令備酒肴相待，送歐陽侍郎出城，上馬去了。宋江却請軍師吳用商議道：『適來遼國侍郎這一席話如何？』吳用聽了，長嘆一聲，低首不語，肚裏沉吟。宋江便問道：『軍師何故嘆氣？』吳用答道：『我尋思起來，衹是兄長以忠義爲主，小弟不敢多言。我想歐陽侍郎所説這一席話，端的是有理。目今宋朝天子，至聖至明，果被蔡京、童貫、高俅、楊戩四個奸臣專權，主上聽信。設使日後縱有功成，必無升賞。我等三番招安，兄長爲尊，止得個先鋒虚職。若論我小子愚意，從其大遼，豈不勝如梁山水寨。衹是負了兄長忠義之心。』宋江聽罷，便道：『軍師差矣。若從大遼，此事切不可題。縱使宋朝負我，我忠心不負宋朝，久後縱無功賞，也得青史上留名。若背正順逆，天不容恕。吾輩當盡忠報國，死而後已。』吳用道：『若是兄長存忠義于心，衹就這條計上，可以取他霸州。目今盛暑炎天，且當暫停，將養軍馬。』宋江、吳用計議已定，且不與衆人説。同衆將屯駐薊州，待過暑熱。

次日，與公孫勝在中軍閑話，宋江問道：『久聞先生師父羅真人，乃盛世之高士。前番因打高唐州，要破高廉邪法，特地使戴宗、李逵來尋足下，説尊師羅真人術法，多有靈驗。敢煩賢弟，來日引宋江去法座前焚香參拜，一洗塵俗。未知尊意若何？』公孫勝便道：『貧道亦欲歸望老母，參省本師，爲見兄長連日屯兵未定，不敢開言。今日正欲要禀仁兄，不想兄長要去。來日清晨同往參禮本師，貧道就行省視親母。』

次日，宋江暫委軍師掌管軍馬，收拾了名香凈果，金珠彩緞，將帶花榮、戴宗、吕方、郭盛、燕順、馬麟六個頭領，宋江與公孫勝，共八騎馬，帶領五千步卒，取路投九宫縣二仙山來。宋江等在馬上，離了薊州，來到山峰深處。但見青松滿徑，凉氣翛翛，炎暑全無，端的好座佳麗之山。公孫勝在馬上道：『有名唤做呼魚鼻山。』宋江看那山時，但見：

四圍巉嶮，八面玲瓏。重重曉色映晴霞，瀝瀝琴聲飛瀑布。溪澗中漱玉飛瓊，石壁上堆藍迭翠。白雲洞口，紫藤高挂緑蘿垂；碧玉峰前，丹桂懸崖青蔓裊。引子蒼猿獻果，呼群麋鹿銜花。千峰競秀，夜深白鶴聽仙經；萬壑争流，風暖幽禽相對語。地僻紅塵飛不到，山深車馬幾曾來。

當下公孫勝同宋江，直至紫虚觀前，衆人下馬，整頓衣巾。小校托着信香禮物，徑到觀裏鶴軒前面。觀裏道衆見了公孫勝，俱各向前施禮；道衆同來見宋江，亦施禮罷。公孫勝便問：『吾師何在？』道衆道：『師父近日衹在後面退居静坐，倦于迎送，少曾到觀。』公孫勝聽了，便和宋公明徑投後山退居内來。轉進觀後，崎嶇徑路，曲折階衢。行不到一里之間，但見荆棘爲籬，外面都是青松翠柏，籬内盡是瑶草琪花。中有三間雪洞，羅真人在内端坐誦經。童子知有客來，開門相接。公孫勝先進草庵鶴軒前，禮拜本師已畢，便禀道：『弟子舊友山東宋公明，受了招安，今奉敕命，封先鋒之職，統兵來破大遼，今到薊州，特地要來參禮我師。現在此間。』羅真人見説，便教請進。

宋江進得草庵，羅真人降階迎接。宋江再三懇請羅真人坐受拜禮，羅真人道：『將軍做了國家大臣，腰金衣紫，受天子之命。貧道乃山野村夫，何敢當此？』宋江堅意謙讓，要禮拜他。羅真人方才肯坐。宋江先取信香爐中焚爇，參禮了八拜。遂呼花榮等六個頭領，俱各禮拜已了。

羅真人都教請坐，命童子烹茶獻果已罷。動問行藏，羅真人乃曰：『將軍上應星魁天象，威鎮中原，外合列曜，一同替天行道，今則歸順宋朝，此清名千秋不朽矣。』宋江道：『江乃鄆城小吏，逃罪上山。感謝四方豪杰，望風而來，同聲相應，同氣相求，恩如骨肉，情若股肱。天垂景象，方知上應天星地曜，會合一處。宋朝天子三番降詔，赦罪招安，衆等皆隨宋江歸順大義。今奉詔命，統領大兵，征進大遼，徑涉真人仙境，夙生有緣，得一瞻拜。萬望真人，願賜指迷前程之事，不勝萬幸。』羅真人道：『將軍少坐，當具素齋。天色已晚，就此荒山草榻，權宿一宵，來早回馬。未知尊意若何？』宋江便道：『宋江正欲我師指教，聽其點悟愚迷，安忍便去。』隨即唤從人托過

金珠彩緞，上獻羅真人。羅真人乃曰：『貧道僻居野叟，寄形宇內，縱使受此金珠，亦無用處。隨身自有布袍遮體，綾錦彩緞亦不曾穿。將軍統數萬之師，軍前賞賜，日費何止千萬。所賜之物，乞請納回，貧道決無用處。盤中果木，小道可留。』宋江再拜，望請收納。羅真人堅執不受。當即供獻素齋。齋罷，又吃了茶。羅真人令公孫勝回家省視老母：『明早却來，隨將軍回城。』當晚留宋江庵中閑話。宋江把心腹之事，備細告知羅真人，願求指迷。羅真人道：『將軍一點忠義之心，與天地均同，神明必相護佑。他日生當封侯，死當廟食，決無疑慮。祇是將軍一生命薄，不得全美。』宋江告道：『我師，莫非宋江此身不得善終？』羅真人道：『非也。將軍亡必正寢，尸必歸墳。祇是所生命薄，爲人好處多磨，憂中少樂。得意濃時便當退步，勿以久戀富貴。』宋江再告：『我師，富貴非宋江之意。但祇願的弟兄常常完聚，雖居貧賤，亦滿微心。祇求大家安樂。』羅真人笑道：『大限到來，豈容汝等留戀乎！』宋江再拜，求羅真人法語。羅真人命童子取過紙筆，寫下八句法語，度與宋江。那八句說道是：

『忠心者少，義氣者稀。幽燕功畢，明月虛輝。始逢冬暮，鴻雁分飛。吳頭楚尾，官祿同歸。』

宋江看畢，不曉其意，再拜懇告：『乞我師金口剖決，指引迷愚。』羅真人道：『此乃天機，不可泄漏。他日應時，將軍自知。夜深更靜，請將軍觀內暫宿一宿，來早再與拜會。貧道當年寢寐，未曾還的，再欲赴夢去也。將軍勿罪。』宋江收了八句法語，藏在身邊，辭了羅真人，來觀內宿歇。衆道衆接至方丈，宿了一宵。

次日清晨，來參真人。其時公孫勝已到草庵裏了。羅真人叫備素饌齋飯相待。早膳已畢，羅真人再與宋江道：『將軍在上，貧道一言可稟：這個徒弟公孫勝，俗緣日短，道行漸長。若今日便留下，在此伏侍貧道，却不見了弟兄往日情分。從今日跟將軍去幹大功，如奏凱還京，此時方當徒弟相辭，却望將軍還放。一者使貧道有傳道之人，二乃免徒弟老母倚門之望。將軍忠義之士，必舉忠義之行。未知將軍雅意肯納貧道否？』宋江道：『師父法旨，弟子安敢不聽。況公孫勝先生與江弟兄，去住從他，焉敢阻當。』羅真人同公孫勝都打個稽首，道：『謝承將軍金諾。』

當下衆人拜辭羅真人，羅真人直送宋江等出庵相別。羅真人道：『將軍善加保重，早得建節封侯。』宋江拜別，出到觀前。所有乘坐馬匹，在觀中喂養，從人已牽在觀外伺候。衆道士送宋江等出到觀外相別。宋江教牽馬至半山平坦之處，與公孫勝等一同上馬，再回薊州。一路無話，早到城中州衙前下馬。黑旋風李逵接着，說道：『哥哥去望羅真人，怎生不帶兄弟去走一遭？』戴宗道：『羅真人說你要殺他，好生怪你。』李逵道：『他也奈何得我也夠了！』衆人都笑。宋江入進衙內，衆人都到後堂。宋江取出羅真人那八句法語，遞與吳用看詳，不曉其意。衆人反復看了，亦不省的。公孫勝道：『兄長，此乃是天機玄語，不可泄漏。收拾過了，終身受用。休得祇顧猜疑。師父法語，過後方知。』宋江遂從其說，藏于天書之內。

自此之後，屯駐軍馬在薊州，一月有餘，并無軍情之事。至七月半後，檀州趙樞密行文書到來，說奉朝廷敕旨，催兵出戰。宋江接得樞密院札付，便與軍師吳用計議，前到玉田縣，合會盧俊義等，操練軍馬，整頓軍器，分撥人員已定，再回薊州，祭祀旗纛，選日出師。聞左右報道：『遼國有使來到。』宋江出接，却是歐陽侍郎。便請入後堂，叙禮已罷。宋江問道：『侍郎來意如何？』歐陽侍郎道：『乞退左右。』宋江隨即喝散軍士。侍郎乃言：『俺大遼國主好生慕公之德。若蒙將軍慨然歸順，肯助大遼，必當建節封侯。此乃小事耳。全望早成大義，免俺遼主懸望之心。』宋江答道：『這裏也無外人，亦當盡忠告訴。侍郎不知，前番足下來時，衆軍皆知其意。内中有一半人不肯歸順。若是宋江便隨侍郎出幽州，朝見郎主時，有副先鋒盧俊義，必然引兵追趕。若就那裏城下厮殺，不見了我弟兄們日前的義氣。我今先帶些心腹之人，不揀那座城子，借我躲避。他若引兵趕來，知我下落，那時却好回避他。他若不聽，却和他厮殺也未遲。他若不知我等下落時，他軍馬回報東京，必然別生支節。我等那時朝見郎主，引領大遼軍馬，却來和他厮殺，未爲晚矣。』

歐陽侍郎聽了宋江這一席言語，心中大喜，便回道：『俺這裏緊靠霸州，有兩個隘口，一個喚做益津關，兩

邊都是險峻高山，中間祇一條驛路；一個是文安縣，兩面部是惡山。過的關口，便是縣治。這兩座去處，是霸州兩扇大門。將軍若是如此，可往霸州躲避。本州是俺遼國國舅康裏定安守把，將軍可就那裏與國舅同住，却看這裏如何。』宋江道：『若得如此，宋江星夜使人回家搬取老父，以絶根本。侍郎可暗地使人來引宋江去。祇如此說，今夜我等收拾也。』歐陽侍郎大喜，別了宋江，出衙上馬去了。有詩爲證：

遼國君臣性持徠，說降剛去又還來。宋江一志堅如鐵，翻使謀心漸漸開。

當日宋江令人去請盧俊義、吳用、朱武到薊州，一同計議智取霸州之策，下來便見。宋江酌量已定，盧俊義領令去了。吳用、朱武暗暗分付衆將，如此如此而行。宋江帶去人數，林冲、花榮、朱仝、劉唐、穆弘、李逵、樊瑞、鮑旭、項充、李衮、吕方、郭盛、孔明、孔亮，共計一十五員頭領，止帶一萬來軍校。撥定人數，祇等歐陽侍郎來到便行。望了兩日，祇見歐陽侍郎飛馬而來，對宋江道：『俺大遼國主知道將軍實是好心的人。既蒙歸順，怕他宋兵做什麼！俺大遼國有的是漁陽突騎，上谷雄兵相助。你既然要取老父，不放心時，且請在霸州與國舅作伴，俺却差人去取令大人未遲。』宋江聽了，與侍郎道：『願去的軍將收拾已完備。幾時可行？』歐陽侍郎道：『則今夜便行，請將軍傳令。』宋江隨即分付下去，都教馬摘鑾鈴，軍卒銜枚疾走，當晚便行。一面管待來使。黄昏左側，開城西門便出。歐陽侍郎引數十騎在前領路。宋江引一支軍馬隨後便行。約行過二十餘里，祇見宋江在馬上猛然失聲叫聲：『苦也！』說道：『約下軍師吳學究，同來歸順大遼郎主，不想來的慌速，不曾等的他來。軍馬慢行，却快使人取接他來。』當時已是三更左側，前面已到益津關隘口。歐陽侍郎大喝一聲：『開門！』當下把關的軍將，開放關口，軍馬人將，盡數度關，直到霸州。天色將曉，歐陽侍郎請宋江入城。

報知國舅康裏定安。原來這國舅是大遼郎主皇後親兄，爲人最有權勢，更兼膽勇過人。將着兩員侍郎，守住霸州。一個喚做金福侍郎，一個喚做葉清侍郎。聽的報道：『宋江來降！』便教軍馬且在城外下寨，祇教爲頭的

宋先鋒請進城來。歐陽侍郎便同宋江入城，來見定安國舅。國舅見了宋江一表非俗，便乃降階而接。請至後堂叙禮罷，請在上坐。宋江答道：『國舅乃金枝玉葉，小將是投降之人，怎消受國舅殊禮重待！宋江將何報答？』定安國舅道：『多聽得將軍的名傳寰海，威鎮中原。聲名聞于大遼，俺的國主好生慕愛，必當重用。』宋江道：『小將比領國舅的福蔭，宋江當盡心報答郎主大恩。』定安國舅大喜，忙叫安排慶賀筵宴。一面又叫椎牛宰馬，賞勞三軍。城中選了一所宅子，教宋江、花榮等安歇。方才教軍馬盡數入城屯扎。花榮等衆將，都來見了國舅等衆多番將，同宋江一處安歇已了。宋江便請歐陽侍郎分付道：『可煩侍郎差人報與把關的軍漢，怕有軍師吳用來時，分付便可放他進關來。我和他一處安歇。昨夜來的倉卒，不曾等候的他。我一時與足下祇顧先來了，正忘了他。軍情主事，少他不得。更兼軍師文武足備，智謀并優，六韜三略，無有不會。』歐陽侍郎聽了，隨即便傳下言語，差人去與益津關、文安縣二處把關軍將說知。但有一個秀才模樣的人，姓吳名用，便可放他過來。

且說文安縣得了歐陽侍郎的言語，便差人轉出益津關上，報知就裏，說與備細。上關來望時，祇見塵頭蔽日，土霧遮天，有軍馬奔上關來。把關將士準備擂木炮石，安排對敵。祇見山前一騎馬上，坐着一人，秀才模樣，背後一僧一行，却是行脚僧人、行者。隨後又有數十個百姓，都趕上關來。馬到關前，高聲大叫：『我是宋江手下軍師吳用。欲待來尋兄長，被宋兵追趕得緊，你可開關救我。』把關將道：『想來正是此人。』隨即開關放入吳學究來。祇見那兩個行脚僧人、行者，也挨入關。關上人當住。那行者早撞在門裏了，和尚便道：『俺兩個出家人，被軍馬趕的緊，救咱們則個！』把關的軍定要推出關去。那和尚發作，行者焦躁，大叫道：『俺不是出家人，俺是殺人的太歲魯智深、武松的便是！』花和尚輪起鐵禪杖，攔頭便打。武行者掣出雙戒刀，就便殺人，正如砍瓜切菜一般。那數十個百姓便是解珍、解寶、李立、李雲、楊林、石勇、時遷、段景住、白勝、鬱保四這伙人，早奔關裏，一發奪了關口。盧俊義引着軍兵，都趕到關上，一齊殺入文安縣來。把關的官員，那裏迎敵得住。這伙都到文安縣取齊。

却說吳用飛馬奔到霸州城下，守門的番官報入城來。宋江與歐陽侍郎在城邊相接，便教引見國舅康裏定安。吳用說道：『吳用不合來的遲了些個，正出城來，不想盧俊義知覺，直趕將來，追到關前。小生今入城來，此時不知如何。』又見流星探馬報來，說道：『宋兵奪了文安縣，軍馬殺近霸州。』定安國舅便教點兵出城迎敵。宋江道：『未可調兵。等他到城下，宋江自用好言招撫他。如若不從，却和他廝并未遲。』祇見探馬又報將來說：『宋兵離城不遠。』定安國舅與宋江一齊上城看望。見宋兵整整齊齊，都擺列在城下。盧俊義頂盔挂甲，躍馬横槍，點軍調將，耀武揚威，立馬在門旗之下，高聲大叫道：『祇教反朝廷的宋江出來！』宋江立在城樓下女墻邊，指着盧俊義說道：『兄弟，所有宋朝賞罰不明，奸臣當道，讒佞專權，我已順了大遼國主，汝可回心，也來幫助我，同扶大遼郎主，不失了梁山許多時相聚之意。』盧俊義大罵道：『俺在北京安家樂業，你來賺我上山。宋天子三番降詔招安我們，有何虧負你處！你怎敢反背朝廷！你那黑矮無能之人，早出來打話，見個勝敗輸贏。』宋江大怒，喝教開城門。便差林沖、花榮、朱仝、穆弘四將齊出，活拿這廝。盧俊義一見了四將，約住軍校，躍馬横槍，直取四將，全無懼怯。林沖等四將，鬥了二十餘合，撥回馬頭，望城中便走。盧俊義把槍一招，後面大隊軍馬，一齊趕殺入來。林沖、花榮占住吊橋，回身再戰，詐敗佯輸，誘引盧俊義搶入城中。背後三軍，齊聲吶喊。城中宋江等諸將，一齊兵變，接應入城。四方混殺，人人束手，個個歸心。定安國舅氣的目睁口呆，罔知所措。與衆等侍郎束手被擒。宋江將引軍到城中，諸將都至州衙内來，參見宋江。宋江傳令，先請上定安國舅并歐陽侍郎、金福侍郎、葉清侍郎，并皆分坐，以禮相待。宋江道：『汝遼國不知就裏，看的俺們差矣！我這伙好漢，非比嘯聚山林之輩，一個個乃是列宿之臣，豈肯背主降遼。祇要取汝霸州，特地乘此機會。今已成功，國舅等請回本國，切勿憂疑。俺無殺害之心。但是汝等部下之人，并各家老小，俱各還本國。霸州城子已屬天朝，汝等勿得再來争執。今後刀兵到處，無有再容。』宋江號令已了，將城中應有番官，盡數驅遣起身，隨從定安國舅，都回幽州。宋江一面出榜安民，令副先鋒盧俊義將引一半軍馬，回守薊州。宋江等一半軍將，守住霸州。差人賫奉軍帖，飛報趙樞密，得了霸州。趙安撫聽了大喜。一面寫表申奏朝廷。

且說定安國舅與同三個侍郎，帶領衆人，歸到燕京，來見郎主，備細奏說宋江詐降一事。『因此被那伙蠻子占了霸州。』大遼郎主聽了大怒，喝罵歐陽侍郎：『都是你這奴婢佞臣，往來搬鬥，折了俺霸州緊要的城池，教俺燕京如何保守！快與我拿去斬了！』班部中轉出兀顏統軍，啓奏道：『郎主勿憂！量這廝何須國主費力，奴婢自有個道理。且免斬歐陽侍郎，若是宋江知得，反被他耻笑。』大遼國主准奏，赦了歐陽侍郎。再說兀顏統軍如何收伏這蠻子，恢復城池？祇見兀顏統軍奏道：『奴婢引起部下二十八宿將軍，十一曜大將，前去布下陣勢，把這些蠻子一鼓兒平收。』說言未絕，班部中却轉出賀統軍前來奏道：『郎主不用憂心，奴婢自有個見識。常言道：殺鷄焉用牛刀。那裏消得正統軍自去。祇賀某聊施小計，教這一伙蠻子死無葬身之地。』郎主聽了，大喜道：『俺的愛卿，願聞你的妙策。』賀統軍啓口摇舌，說這妙計，有分教：盧俊義來到一個去處，馬無料草，人絕口糧。直教三軍人馬幾乎死，一代英雄咫尺休。

畢竟賀統軍對郎主道出甚計來，且聽下回分解。

第八十六回　宋公明大戰獨鹿山　盧俊義兵陷青石峪

話說賀統軍，姓賀名重寶，是大遼國中兀顏統軍部下副統軍之職。身長一丈，力敵萬人，善行妖法，使一口三尖兩刃刀，現今守住幽州，就行提督諸路軍馬。當時賀重寶奏郎主道：『奴婢這幽州地面，有個去處，喚做青石峪，祇一條路入去，四面盡是高山，并無活路。臣撥十數騎人馬，引這伙蠻子直入裏面。却調軍馬外面圍住。教這廝前無出路，後無退步，必然餓死。』兀顏統軍道：『怎生便得這廝們來？』賀統軍道：『他打了俺三個大郡，氣滿志驕，必然想着幽州。俺這裏分兵去誘引他，他必然乘勢來趕。引入陷坑山内，走那裏去！』兀顏統軍道：『你的計策怕不濟事，必還用俺大兵撲殺。且看你去如何。』

當下賀統軍辭了國主，帶了盔甲刀馬，引了一行步從兵卒，回到幽州城内。將軍點起，分作三隊。一隊守住幽州，二隊望霸州、薊州進發。傳令已下，便驅遣兩隊軍馬出城，差兩個兄弟前去領兵。大兄弟賀拆，去打霸州。小兄弟賀雲，去打薊州。都不要贏他，祇佯輸詐敗，引入幽州境界，自有計策。

却說宋江等守住霸州，有人來報：『遼兵侵犯薊州，恐有疏失，望調軍兵救護。』宋江道：『既然來打，必須迎敵。就此機會，去取幽州。』宋江留下些少軍馬，守定霸州，其餘大隊軍兵，拔寨都起，引軍前去薊州。會合盧俊義軍馬，約日進兵。

且說番將賀拆，引兵霸州來。宋江正調軍馬出來，却好半路裏接着。不曾鬥的三合，賀拆引軍敗走。宋江不去追趕。却說賀雲去打薊州，正迎着呼延灼，不戰自退。

宋江會合盧俊義，一同上帳，商議攻取幽州之策。吴用、朱武便道：『幽州分兵兩路而來，此必是誘引之計，且未可行。』盧俊義道：『軍師錯矣！那廝連輸了數次，如何是誘敵之計？當取不取，過後難取。不就這裏去取幽州，更待何時！』宋江道：『這廝勢窮力盡，有何良策可施。正好乘此機會。』遂不從吴用、朱武之言，引兵往幽州便進。

將兩處軍馬，分作大小三路起行。衹見前軍報來說：『遼兵在前攔住。』宋江遂到軍前看時，山坡後轉出一彪皂旗來。宋江便教前軍擺開人馬。衹見那番軍番將，蓋地而來。皂雕旗分作四路，向山坡前擺開。宋江、盧俊義與衆將看時，如黑雲踴出千百萬人馬相似，簇擁着一員大將番官，橫着三尖兩刃刀，立馬陣前。那番官怎生打扮？但見：

頭戴明霜鑌鐵盔，身披耀日連環甲，足穿抹綠雲根靴，腰系龜背狻猊帶，襯着錦綉緋紅袍，執着鐵杆狼牙棒，手持三尖兩刃八環刀，坐下四蹄雙翼千里馬。

前面引軍旗上，寫得分明：『大遼副統軍賀重寶。』躍馬橫刀，出于陣前。宋江看了道：『遼國統軍，必是上將。誰敢出馬？』說猶未了，大刀關勝舞起青龍偃月刀，縱坐下赤兔馬，飛出陣來。也不打話，便與賀統軍相并。關勝與賀統軍鬥到三十餘合，賀統軍氣力不加，撥回刀望本陣便走。關勝驟馬追趕。賀統軍引了敗兵，奔轉山坡。宋江便調軍馬追趕，約有四五十里，聽的四下裏戰鼓齊響。宋江急叫回軍時，山坡左邊早撞過一彪番軍攔路。宋江急分兵迎敵時，右手下又早撞出一支大遼軍馬。前面賀統軍勒兵回來夾攻。宋江兵馬四下救應不迭，被番兵撞做兩段。

却說盧俊義引兵在後面斷殺時，不見了前面軍馬。急尋門路要殺回來，衹見脅窩裏又撞出番軍來斷并。遼兵喊殺連天，四下裏撞擊，左右被番軍圍住在垓心。盧俊義調撥衆將，左右衝突，前後卷殺，尋路出去。衆將揚威耀武，抖擻精神，正奔四下裏厮殺，忽見陰雲閉合，黑霧遮天，白晝如夜，不分東西南北。盧俊義心慌，急引一支軍馬，死命殺出。大遼兵馬聽的前面驚鈴聲響，縱馬引軍趕殺過去。至一山口，盧俊義聽的裏面人語馬嘶，領兵趕將入去。衹見狂風大作，走石飛沙，對面不見。盧俊義殺到裏面，約莫二更前後，方才風靜雲開，復見一天星斗。衆人打一看時，四面盡是高山，左右是懸崖峭壁。衹見山川峻嶺，無路可登。隨行人馬，衹見徐寧、索超、韓滔、彭玘、陳達、楊春、周通、李忠、鄒淵、鄒潤、楊林、白勝大小十二個頭領，有五千軍馬。星光之下，待尋歸路。四下高山圍匝，不能得出。盧俊義道：『軍士厮殺了一日，神思困倦，且就這裏權歇一宵，暫停戰馬，明日却尋歸路。』

再說宋江正厮殺間，衹見黑雲四起，走石飛沙，軍士對面都不相見。隨軍內却有公孫勝，在馬上見了，知道此是妖法。急拔寶劍在手，就馬上作用，口中念念有詞，喝聲道：『疾！』把寶劍指點之處，衹見陰雲四散，狂風頓息，大遼軍馬，不戰自退。遙望漫漫陰氣，盡皆四邊散了。宋江驅兵殺透重圍，退到一座高山，迎着本部軍馬，且把糧車頭尾相銜，權做寨柵。計點大小頭領，于內不見了盧俊義等一十三人，并五千餘軍馬。至天明，宋江便遣呼延灼、林沖、秦明、關勝，各帶軍兵，四下裏去尋了一日，不知些消息。回復宋江。宋江便取玄女課焚香占卜已罷，說道：『大象不妨，衹是陷在幽陰之處。急切難得出來。』宋江放心不下，遂遣解珍、解寶，扮作獵户，繞山來尋。又差時遷、石勇、段景住、曹正，四下裏去打聽消息。

且說解珍、解寶披上虎皮袍，挖了鋼叉，衹望深山裏行。看看天色向晚，兩個行到山中，四邊衹一望不見人烟，都是亂山迭嶂。解珍、解寶又行了幾個山頭。是夜，月色朦朧，遠遠地望見山畔一點燈光。弟兄兩個道：『那裏有燈光之處，必是有人家。我兩個且尋去討些飯吃。』望着燈光處拽開脚步奔將來。未得一里多路，來到一個去處，傍着樹林，破二作三數間草屋下，破壁裏閃出燈光來。解珍、解寶推開扇門，燈光之下，見是個婆婆，年老六旬之上。弟兄兩個放下鋼叉，納頭便拜。那婆婆道：『我衹道是俺孩兒來家，不想却是客人到此。客人休拜。你是那裏獵户？怎生到此？』解珍道：『小人原是山東人氏，舊日是獵户人家。因來此間做些買賣，不想正撞着軍馬熱鬧，連連厮殺，以此消折了本錢，無甚生理。弟兄兩個衹得來山中尋討些野味養口。誰想不識路徑，迷踪失迹，來到這裏，投宅上暫宿一宵。望老奶奶收留則個。』那婆婆道：『自古云：誰人頂着房子走哩。我家兩個孩兒，也是獵户，敢如今便回來也。客人少坐，我安排些晚飯與你兩個吃。』解珍、解寶謝道：『多感老奶奶。』那婆婆入裏面去了。弟兄兩個，却坐在門前。不多時，衹見門外兩個人，扛着一個獐子入來，口裏呼道：『娘娘，你在那裏？』衹見那婆婆出來道：『孩兒，你們回了。且放下獐子，與這兩位客人厮見。』解珍、解寶慌忙下拜。那兩個答禮已罷，便問：『客人何處？因甚到此？』解珍、解寶便把却才的話，再説一遍。那兩個道：『俺祖居在此。俺是劉二，兄弟劉三。父是劉一，不幸死了。止有母親。專靠打獵營生，在此二三十年了。此間路徑甚雜，俺們尚有不認的去處。你兩個是山東人氏，如何到此間討得衣飯吃？你休瞞我，你二位敢不是打獵户麽？』解珍、解寶道：『既到這裏，如何藏得！實訴與兄長。』有詩爲證：

峰巒重迭繞周遭，兵陷垓心不可逃。二解欲知消息實，便將踪迹混漁樵。

當時解珍、解寶跪在地下，説道：『小人們果是山東獵户，弟兄兩個，唤做解珍、解寶。在梁山泊跟隨宋公明哥哥許多時落草。今來受了招安，隨着哥哥來破大遼。前日正與賀統軍大戰，被他衝散一支軍馬，不知陷在那裏。特差小人弟兄兩個，來打探消息。』那兩個弟兄笑道：『你二位既是好漢，且請起，俺指與你路頭。你兩個且少坐，俺煮一腿獐子肉，暖杯社酒，安排請你二位。』没一個更次，煮的肉來。劉二、劉三管待解珍、解寶。飲酒之間，動問道：『俺們久聞你梁山泊宋公明，替天行道，不損良民，直傳聞到俺遼國。』解珍、解寶便答道：『俺哥哥以忠義爲主，誓不擾害善良，單殺濫官酷吏，倚强凌弱之人。』那兩個道：『俺們衹聽的説，原來果然如此。』盡皆歡喜，便有相愛不捨之情。解珍、解寶道：『我那支軍馬，有十數個頭領，三五千兵卒，正不知下落何處。我想也得好一片地來排陷他。』那兩個道：『你不知俺這北邊去處。衹此間是幽州管下，有個去處，唤做青石峪。衹有一條路入去，四面盡是懸崖峭壁的高山。若是填塞了那條入去的路，再也出不來。多定衹是陷在那裏了，此間别無這般寬闊去處。如今你那宋先鋒屯軍之處，唤做獨鹿山。這山前平坦地面，可以厮殺，若山頂上望時，都見四邊來的軍馬。你若要救那支軍馬，捨命打開青石峪，方才可以救出。那青石峪口，必然多有軍馬截斷這條路口。此山柏樹極多，惟有青石峪口兩株大柏樹最大的好，形如傘蓋，四面盡皆望見。那大樹邊，正是峪口。更提防一件：賀統軍會行妖法。教宋先鋒破他這一件要緊。』

解珍、解寶得了這言語，拜謝了劉家弟兄兩個，連夜回寨來。宋江見了，問道：『你兩個打聽的些分曉麽？』解珍、解寶却把劉家弟兄的言語，備細説了一遍。宋江失驚，便請軍師吴用商議。正説之間，衹見小校報道：『段景住、石勇引將白勝來了。』宋江道：『白勝是與盧先鋒一同失陷，他此來必是有异。』隨即唤來帳下問時，段景住先説：『我和石勇正在高山澗邊觀望，衹見山頂上一個大氈包滚將下來。我兩個看時，看看滚到山脚下，却是一團氈衫，裹面四圍裹定，上用繩索緊拴。直到樹邊看時，裹面却是白勝。』白勝便道：『盧頭領與小弟等一十三人，正厮殺間，衹見天昏地暗，日色無光，不辨東西南北。衹聽的人語馬嘶之間，盧頭領便教衹顧殺將入去。誰想深入重地。那裏盡是四圍高山，無計可出，又無糧草接濟。一行人馬，實是艱難。盧頭領差小人從山頂上滚將下來，尋路報信。不想正撞着石勇、段景住二人。望哥哥早發救兵，前去接應。遲則諸將必然死矣。』

宋江聽罷，連夜點起軍馬，令解珍、解寶爲頭引路，望這大柏樹，便是峪口。傳令教馬步軍兵，并力殺去，務要殺開峪口。人馬行到天明，遠遠的望見山前兩株大柏樹，果然形如傘蓋。當下解珍、解寶引着軍馬，殺到山前峪口。賀統軍便將軍馬擺開。兩個兄弟，争先出戰。宋江軍將要搶峪口，一齊向前。豹子頭林冲飛馬先到，正迎着賀拆。交馬衹兩合，從肚皮上一槍搠着，把那賀拆搠于馬下。步軍頭領見馬軍先到贏了，一發都奔將入去。黑旋風李逵手輪雙斧，一路裏砍殺遼兵。背後便是混世魔王樊瑞，喪門神鮑旭，引着牌手項充、李衮，并衆多蠻牌，直殺入遼兵隊裏。李逵正迎着賀雲。搶到馬下，一斧砍斷馬脚，當時倒了。賀雲落馬，李逵雙斧如飛，連人帶馬，衹顧亂剁。遼兵正擁將來，却被樊瑞、鮑旭兩下衆牌手撞住。賀統軍見折了兩個兄弟，便口中念念有詞，作起妖法，不知道些什麽。衹見狂風大起，就地生雲，黑暗暗罩住山頭，昏慘慘迷合峪口。正作用間，宋軍中轉過公孫勝來，在馬上掣出寶劍在手，口中念不過數句，大喝一聲道：『疾！』衹見四面狂風掃退浮雲，現出明朗朗一輪紅日。

馬步三軍衆將，向前捨死并殺遼兵。賀統軍見作法不行，敵軍衝突得緊，自舞刀拍馬殺過陣來。衹見兩軍一齊混戰。宋江殺的遼兵東西亂竄。

馬軍追趕遼兵，步軍便去扒開峪口。原來被這遼兵重重迭迭，將大塊青石填塞住這條出路。步軍扒開峪口，殺進青石峪内。盧俊義見了宋江軍馬，皆稱慚愧。宋江傳令，教：『且休趕遼兵，收軍回獨鹿山，將息被困人馬。』盧俊義見了宋江，放聲大哭道：『若不得仁兄垂救，幾喪兄弟性命！』宋江、盧俊義同吴用、公孫勝并馬回寨，將息三軍，解甲暫歇。

次日，軍師吴學究説道：『可乘此機會，就好取幽州。若得了幽州，遼國之亡，唾手可待。』宋江便叫盧俊義等一十三人軍馬，且回薊州權歇。宋江自領大小諸將軍卒人等，離了獨鹿山，前來攻打幽州。

賀統軍正退回在城中，爲折了兩個兄弟，心中好生納悶。又聽得探馬報道：『宋江軍馬來打幽州。』番軍越慌。衆遼兵上城觀望，見東北下一簇紅旗，西北下一簇青旗，兩彪軍馬奔幽州來。即報與賀統軍。賀統軍聽得大驚。親自上城來看時，認的是遼國來的旗號，心中大喜。來的紅旗軍馬，盡寫銀字。這支軍乃是大遼國駙馬太真胥慶，衹有五千餘人。這一支青旗軍馬，旗上都是金字，盡插雉尾，乃是李金吾大將。原來那個番官，正受黄門侍郎，左執金吾上將軍，姓李名集，呼爲李金吾。乃李陵之後，蔭襲金吾之爵。現在雄州屯扎，部下有一萬來軍馬。侵犯大宋邊界，正是此輩。聽的遼主折了城子，因此調兵前來助戰。賀統軍見了，使人去報兩路軍馬：『且休入城，教去山背後埋伏暫歇。待我軍馬出城，一面等宋江兵來，左右掩殺。』賀統軍傳報已了，遂引軍兵出幽州迎敵。

宋江諸將已近幽州。吴用便道：『若是他閉門不出，便無準備。若是他引兵出城迎敵，必有埋伏。我軍可先分兵兩路，作三路而進。一路直往幽州進發，迎敵來軍。兩路如羽翼相似，左右護持。若有埋伏軍起，便教這兩路軍去迎敵。』

宋江便撥調關勝，帶宣贊、郝思文，領兵在左。再調呼延灼，帶單廷珪、魏定國，領兵在右。各領一萬餘人，從山後小路，慢慢而行。宋江等引大軍前來，徑往幽州進發。

却說賀統軍引兵前來，正迎着宋江軍馬。兩軍相對，林沖出馬與賀統軍交戰。鬥不到五合，賀統軍回馬便走。宋江軍馬追趕。賀統軍分兵兩路。不入幽州，繞城而走。吴用在馬上便叫：『休趕！』説猶未了，左邊撞出太真駙馬來。已有關勝恰好迎住。右邊撞出李金吾來，又有呼延灼恰好迎住。正來三路軍馬遇住大戰，殺的尸横遍野，流血成河。賀統軍情知遼兵不勝，欲回幽州時，撞過二將，接住便殺。乃是花榮、秦明，死戰定賀統軍。欲退回西門城邊，又撞見雙槍將董平，又殺了一陣。轉過南門，撞見朱仝，接着又殺一陣。賀統軍不敢入城，撞條大路，望北而去。不提防前面撞着鎮三山黄信，舞起大刀，直取賀統軍。賀統軍心慌，措手不及，被黄信一刀正砍在馬頭上。賀統軍弃馬而走。不想脅窩裏撞出楊雄、石秀兩個步軍頭領齊上，把賀統軍搶翻在肚皮下。宋萬挺槍，又趕將來。衆人祇怕争功壞了義氣，就把賀統軍亂槍戳死。那隊遼兵已自先散，各自逃生。太真駙馬見統軍隊裏倒了帥字旗，軍校漫散，情知不濟，便引了這彪紅旗軍，從山背後走了。李金吾正戰之間，不見了這紅旗軍，料道不濟事，也引了這彪青旗軍望山後退去。

宋江見這三路軍兵，盡皆退了。大驅宋軍人馬，奔來奪取幽州。不動聲色，一鼓而收。來到幽州城内，扎駐三軍。便出榜安撫百姓。隨即差人急往檀州報捷，請趙樞密移兵薊州把守。就取這支水軍頭領并船隻，前來幽州聽調。却教副先鋒盧俊義，分守霸州。又得了四個大郡，趙安撫見了來文大喜。一面申奏朝廷，一面行移薊、霸二州。

且説大遼國主升登寶殿，會集文武番官，左丞相幽西孛瑾，右丞相太師褚堅，統軍大將等衆，當廷商議。『即日宋江侵奪邊界，占了俺四座大郡，如今又犯幽州，早晚必來侵犯皇城，燕京難保！賀統軍弟兄三個已亡，幽州又失。汝等文武群臣，當國家多事之秋，如何處置？』有大遼國都統軍兀顔光奏道：『郎主勿憂。前者奴婢累次祇要自去領兵，往往被人阻當，以致養成賊勢，成此大禍。伏乞親降聖旨，任臣選調軍馬，會合諸處軍兵，克日興師。務要擒獲宋江等頭領，恢復原奪城池。』郎主准奏。遂賜出明珠虎牌，金印敕旨，黄鉞白旄，朱幡皂蓋，盡付與兀顔統軍。『不問金枝玉葉，皇親國戚，不揀是何軍馬，并聽愛卿調遣。速便起兵，前去征進。』

兀顔統軍領了聖旨兵符，便下教場，會集諸多番將，傳下將令，調遣諸處軍馬，前來策應。却才傳令已罷，有統軍長子兀顔延壽，直至演武亭上禀父親道：『父親一面整點大軍，孩兒先帶數員猛將，會集太真駙馬、李金吾將軍二處軍馬，先到幽州，殺敗這蠻子們八分。待父親來時，瓮中捉鱉，一鼓掃清宋兵。不知父親鈞意如何？』兀顔統軍道：『吾兒言見得是。與汝突騎五千，精兵二萬，就做先鋒。即便會同太真駙馬、李金吾，刻下便行。如有捷音，羽檄飛報。』小將軍欣然領了號令，整點三軍人馬，徑奔幽州來。不是這個兀顔小將軍前來厮戰，有分教：幽州城下，變爲九里山前；灣水河邊，翻作三江渡口。正是：萬馬奔馳天地怕，千軍踴躍鬼神愁。

畢竟兀顔小將軍怎生厮戰，且聽下回分解。

第八十七回 宋公明大戰幽州 呼延灼力擒番將

話説當時兀顔延壽將引二萬餘軍馬，會合了太真駙馬、李金吾二將，共領三萬五千番軍，整頓槍刀弓箭一應器械完備，擺布起身。早有探子來幽州城裏報知宋江。宋江便請軍師吴用商議：『遼兵累敗，今次必選精兵猛將前來厮殺。當以何策應之？』吴用道：『先調兵出城布下陣勢，待遼兵來，慢慢地挑戰。他若無能，自然退去。』宋江道：『軍師高論至明。』隨即調遣軍馬出城。離城十里，地名方山，地勢平坦，靠山傍水排下九宫八卦陣勢。等候間，衹見遼兵分做三隊而來。兀顔小將軍兵馬是皂旗，太真駙馬是紅旗，李金吾軍是青旗。三軍齊到，見宋江擺成陣勢。那兀顔延壽在父親手下曾習得陣法，深知玄妙。見宋江擺下九宫八卦陣勢，便令青紅旗二軍，分在左右，扎下營寨。自去中軍竪起雲梯，看了宋兵果是九宫八卦陣勢。下雲梯來，冷笑不止。左右副將問道：『將軍何故冷笑？』兀顔延壽道：『量他這個九宫八卦陣，誰不省得！他將此等陣勢瞞人不過，俺却驚他則個。』令衆軍擂三通畫鼓，竪起將臺。就臺上用兩把號旗招展左右，列成陣勢已了。下將臺來，上馬，令首將哨開陣勢，親到陣前與宋江打話。那小將軍怎生結束？但見：

戴一頂三叉如意紫金冠，穿一件蜀錦團花白銀鎧，足穿四縫鷹嘴抹緑靴，腰系雙環龍角黄帶。虬螭吞首打將鞭，霜雪裁鋒殺人劍。左懸金畫寶雕弓，右插銀嵌狼牙箭。使一枝畫杆方天戟，騎一匹鐵脚棗騮馬。

兀顔延壽勒馬直到陣前，高聲叫道：『你擺九宫八卦陣，待要瞞誰！你却識得俺的陣麽？』宋江聽的番將要鬥陣法，叫軍中竪起雲梯。宋江、吴用、朱武上雲梯觀望了遼兵陣勢。三隊相連，左右相顧。朱武早已認得，對宋江道：『此遼兵之陣是太乙三才陣也。』宋江留下吴用同朱武在將臺上，自下雲梯來。上馬出到陣前，挺鞭直指遼將喝道：『量你這太乙三才陣，何足爲奇！』兀顔小將軍道：『你識吾陣，看俺變法，教汝不識。』勒馬入中軍，再上將臺，把號旗招展，變成陣勢。吴用、朱武在將臺上看了，此乃變作河洛四象陣。使人下雲梯來回復宋江知了。

兀顔小將軍再出陣門，横戟問道：『還識俺陣否？』宋江答道：『此乃變出河洛四象陣。』那兀顔小將軍摇着頭冷笑，再入陣中，上將臺，把號旗左招右展，又變成陣勢。吴用、朱武在將臺上看了，朱武道：『此乃變作循環八卦陣。』再使人報與宋江知道。那小將軍再出陣前高聲問道：『還能識吾陣否？』宋江笑道：『料然衹是變出循環八卦陣，不足爲奇。』

小將軍聽了，心中自忖道：『俺這幾個陣勢都是秘傳來的，不期却被此人識破。宋兵之中，必有人物。』兀顔小將軍再入陣中，下馬，上將臺，將號旗招展，左右盤旋，變成個陣勢，四邊都無門路，内藏八八六十四隊兵馬。朱武再上雲梯看了，對吴用説道：『此乃是武侯八陣圖，藏了首尾，人皆不曉。』便着人請宋公明到陣中，上將臺看這陣法：『休欺負他遼兵，這等陣圖皆得傳授。此四陣皆從一派傳流下來，并無走移。先是太乙三才，生出河洛四象，四象生出循環八卦，八卦生出八八六十四卦，已變爲八陣圖。此是循環無比，絶高的陣法。』宋江下將臺，上戰馬，直到陣前。小將軍搠戟在地，勒馬陣前，高聲大叫：『能識俺陣否？』宋江喝道：『汝小將年幼學淺，如井底之蛙。衹知此等陣法以爲絶高。量這藏頭八陣圖法瞞誰？瞞吾大宋小兒也瞞不過！』兀顔小將軍道：『你雖識俺陣法，你且排一個奇异的陣勢，瞞俺則個。』宋江喝道：『衹俺這九宫八卦陣勢，雖是淺薄，你敢打麽？』小將軍大笑道：『量此等小陣，有何難哉！你軍中休放冷箭，看咱打你這個小陣。』

且説兀顔小將軍便傳將令，直教太真駙馬、李金吾各撥一千軍：『待俺打透陣勢，便來策應。』傳令已罷，衆軍擂鼓。宋江也傳下將令，教軍中整擂三通戰鼓，門旗兩開，放打陣的小將入來。那兀顔延壽帶本部下二十來員牙將，一千披甲馬軍，用手掐算當日屬火，不從正南離位上來。帶了軍馬轉過右邊，從西方兑位上，蕩開白旗，殺入陣内。後面的被弓箭手射住，止有一半軍馬入的去。其餘都回本陣。

却説小將軍走到陣裏，便奔中軍。衹見中間白蕩蕩如銀墻鐵壁，團團圍住小將軍。那兀顔延壽見了，驚得面如土色。心中暗想：『陣裏那得這等城子？』便教四邊且打通舊路，要殺出陣來。衆軍回頭看時，白茫茫如銀海相似，滿地祇聽的水響，不見路徑。小將軍甚慌，引軍殺投南門來。祇見千團火塊，萬縷紅霞，就地而滚，并不見一個軍馬。小將軍那裏敢出南門。鏇斜裏殺投東門來，祇見帶葉樹木，連枝山柴，交橫塞滿地下，兩邊都是鹿角，無路可進。却轉過北門來，又見黑氣遮天，烏雲蔽日，伸手不見掌，如黑暗地獄相似。那兀顏小將軍在陣内，四門無路可出。心中疑道：『此必是宋江行持妖法。休問怎生，祇就這裏死撞出去。』衆軍得令，齊聲吶喊，殺將出去。旁邊撞出一員大將，高聲喝道：『孺子小將走那裏去！』兀顏小將軍欲待來戰，措手不及，腦門上早飛下一鞭來，那小將軍眼捷手快，便把方天戟來攔住，祇聽得雙鞭齊下，早把戟杆折做兩段。急待挣扎，被那將軍撲入懷内，輕舒猿臂，款扭狼腰，把這兀顏小將軍活捉過去。攔住後軍，都喝下馬來。衆軍黑天摸地，不辨東西，祇得下馬受降。拿住小將軍的不是别人，正是虎軍大將雙鞭呼延灼。當時公孫勝在中軍作法，見報捉了小將軍，便收了法術，陣中仍復如舊，青天白日。

且說太真駙馬并李金吾將軍各引兵一千，祇等陣中消息，便要來策應。却不想不見些動静，不敢殺過來。宋江出到陣前，高聲喝道：『你那兩軍不降更待何時！兀顏小將已被吾生擒在此。』喝令群刀手簇出陣前。李金吾見了，一騎馬，一條槍，直趕過來要救兀顏延壽。却有霹靂火秦明正當前部，飛起狼牙棍，直取李金吾。二馬相交，軍器并舉，兩軍齊聲吶喊，李金吾先自心中慌了，手段緩急差遲，被秦明當頭一棍，連盔透頂打的粉碎。李金吾攧下馬來。太真駙馬見李金吾輸了，引軍便回。宋江催兵掩殺，遼兵大敗奔走。奪得戰馬三千餘匹，旗旛劍戟弃滿山川。宋江引兵徑望燕京進發，直欲長驅席卷，以復王封。

却說遼兵敗殘人馬逃回遼國，見了兀顏統軍，俱説小將軍去打宋兵陣勢，被他活捉去了，其餘牙將，盡皆歸降。李金吾亦被他那裏一個秦明一棍打死，軍卒四散逃走，不知下落。太真駙馬逃的性命，不知去向。兀顏統軍聽了大驚，便道：『吾兒自小習學陣法，頗知玄妙。宋江那厮把甚陣勢捉了吾兒？』左右道：『祇是個九宫八卦陣勢，又無甚希奇。俺這小將軍布了四個陣勢，都被那蠻子識破了。臨了，對俺小將軍説道：「你識我九宫八卦陣，你敢來打麽？」俺小將軍便領了千百騎馬軍從西門打將入去，被他强弓硬弩射住，祇有一半人馬能夠入去。不知怎生被他生擒活捉了。』兀顏統軍道：『量這個九宫八卦陣有甚難打，必是被他變了陣勢。』衆軍道：『俺們在將臺上望見他陣中隊伍不動，旗旛不改，祇見上面一派黑雲罩定陣中。』兀顏統軍道：『恁的必是妖術。吾不起軍，這厮也來。若不取勝，吾當自刎。誰敢與吾作前部先鋒，引兵前去？俺驅大隊隨後便來。』帳前轉過二將齊出：『某等兩個願爲前部。』一個是大遼番官瓊妖納延；一個是燕京番將姓寇，雙名鎮遠。兀顏統軍大喜。便道：『你兩個小心在意，與吾引一萬軍兵作前部先鋒，逢山開路，遇水迭橋。吾引大軍隨後便到。』

且不説瓊、寇二將起身，作先鋒開路。却説兀顏統軍隨即整點本部下十一曜大將，二十八宿將軍，盡數出征。

先説那十一曜大將：

太陽星御弟大王耶律得重，引兵五千；太陰星天壽公主答裏孛，引女兵五千；羅睺星皇侄耶律得榮，引雄兵三千；計都星皇侄耶律得華，引雄兵三千；紫炁星皇侄耶律得忠，引雄兵三千；月孛星皇侄耶律得信，引雄兵三千；東方青帝木星大將祇兒拂郎，引兵三千；西方太白金星大將烏利可安，引兵三千；南方熒惑火星大將洞仙文榮，引兵三千；北方玄武水星大將曲利出清，引兵三千；中央鎮星土星上將都統軍兀顏光，總領各飛兵馬首將五千，鎮守中壇。

兀顏統軍再點部下那二十八宿將軍：

角木蛟孫忠　亢金龍張起　氐土貉劉仁　房日兔謝武
心月狐裴直　尾火虎顧永興　箕水豹賈茂　斗木獬蕭大觀

牛金牛薛雄　女土蝠俞得成　虛日鼠徐威　危月燕李益
室火猪祖興　壁水㺄成珠那海　奎木狼郭永昌　婁金狗阿哩義
胃土雉高彪　昴日鷄順受高　畢月烏國永泰　觜火猴潘异
參水猿周豹　井木犴童裏合　鬼金羊王景　柳土獐雷春
星日馬卞君保　張月鹿李復　翼火蛇狄聖　軫水蚓班古兒

那兀顏光整點就十一曜大將二十八宿將軍，引起大隊軍馬精兵二十餘萬，傾國而起，奉請大遼國主御駕親征。

且不說兀顏統軍興起大隊之師卷地而來。再說先鋒瓊、寇二將引一萬人馬，逢山開路，先來進兵。早有細作報與宋江，這場厮殺不小。宋江聽了大驚。傳下將令，一面教取盧俊義部下盡數軍馬，一面又取檀州、薊州舊有人員都來聽調。就請趙樞密前來監戰。再要水軍頭目將帶水手人員，盡數登岸，都到霸州取齊，陸路進發。水軍頭領護持趙樞密在後而來。應有軍馬盡到幽州。宋江等接見趙樞密，參拜已罷。趙樞密道：『將軍如此勞神，國之柱石，名傳萬載，不泯之德也。下官回朝，于天子前必當重保。』宋江答道：『無能小將，不足挂齒。上托天子洪福齊天，下賴元帥虎威，偶成小功，非人能也。今有探細人報來就裏，聞知遼國兀顏統軍起二十萬軍馬，傾國而來。興亡勝敗，決此一戰。特請樞相另立營寨，于十五里外屯扎，看宋江盡忠竭力，施犬馬之勞，與衆弟兄并力向前，決此一戰。托天子盛德，早得取勝，以報朝廷。』趙樞密道：『將軍善覷方便。孫子有云：「多算勝，少算不勝。」善加謀略，事事皆宜仔細。』

宋江遂辭了趙樞密，與同盧俊義引起大兵，轉過幽州地面所屬永清縣界，把軍馬屯扎，下了營寨。聚集諸將頭領上帳同坐，商議軍情大事。

宋江道：『今次兀顏統軍親引遼兵傾國而來，決非小可。死生勝負在此一戰。汝等衆兄弟皆宜努力向前，勿生退悔。但得微功，上達朝廷，天子恩賞，必當共享。并無獨善之理。』衆皆起身都道：『兄長之命誰敢不依！盡心竭力，當報大恩。』正商議間，小校來報：『有遼國使人下戰書來。』宋江教喚至帳下，將書呈上。宋江拆書看了，乃是遼國兀顏統軍帳前先鋒使瓊、寇二將軍，充前部兵馬，相期來日決戰。宋江就批書尾，回示來日決戰。叫與來使酒食，放回本寨。

此時秋盡冬來，軍披重鎧，馬挂皮甲，盡皆得時。次日，五更造飯，平明拔寨，盡數起行。不到四五里，宋兵早與遼兵相迎。遥望皂雕旗影裏，閃出兩員先鋒旗號來。戰鼓喧天，門旗開處，那個瓊先鋒當先出馬。怎生打扮？但見：

頭戴魚尾卷雲鑌鐵冠，披挂龍鱗傲霜嵌縫鎧，身穿石榴紅錦綉羅袍，腰系荔枝七寶黃金帶，足穿抹綠鷹嘴金綫靴，腰懸煉銀竹節熟銅鞭。左插硬弓，右懸長箭。馬跨越嶺巴山獸，槍搭翻江攪海龍。

當下那個瓊妖納延橫槍躍馬，立在陣前。宋江在門旗下看了瓊先鋒如此英雄，便問：『誰與此將交戰？』當下九紋龍史進提刀躍馬，出來與瓊將軍挑戰。二騎戰馬相交，兩般軍器并舉，鞍上人鬥人，坐下馬鬥馬，刀來槍去花一團，槍來刀去錦一簇，四條臂膊亂縱横，八隻馬蹄撩亂走。史進與瓊妖納延鬥到二三十合，史進氣力不加，撥回馬望本陣便走。瓊先鋒縱馬趕來。宋江陣上，小李廣花榮正在宋江背後，見輸了史進，便拈起弓，搭上箭，把馬挨出陣前。覷的來馬較近，颼的衹一箭，正中瓊先鋒面門，翻身落馬。史進聽得背後墜馬，霍地回身，復上一刀，結果了瓊妖納延。

那寇先鋒望見砍了瓊先鋒，怒從心上起，惡向膽邊生，躍馬挺槍，直出陣前，高聲大罵：『賊將怎敢暗算吾兒！』當有病尉遲孫立飛馬直出，徑來奔寇鎮遠。軍中戰鼓喧天，耳畔喊聲不絕。那孫立的金槍神出鬼没，寇先鋒見了，先自八分膽喪。鬥不過二十餘合，寇先鋒勒回馬便走，不敢回陣，恐怕撞動了陣脚，繞陣東北而走。孫立正要建功，

第八十八回　顏統軍陣列混天象　宋公明夢授玄女法

話說當時宋江在高阜處看了遼兵勢大，慌忙回馬來到本陣。且教將軍馬退回永清縣山口屯扎。便就帳中與盧俊義、吳用、公孫勝等商議道：『今日雖是贏了他一陣，損了他兩個先鋒，我上高阜處觀望遼兵，其勢浩大，漫天遍地而來。此乃是大隊番軍人馬，來日必用與他大戰交鋒。恐寡不敵衆，如之奈何？』吳用道：『古之善用兵者，能使寡敵衆。昔晉謝玄五萬人馬，戰退苻堅百萬雄兵。似此寡能敵衆者多矣，先鋒何爲懼哉！可傳令與三軍衆將，來日務要旗幡嚴整，弓弩上弦，刀劍出鞘，深栽鹿角，謹守營寨，濠塹齊備，軍器并施，整頓雲梯炮石之類，預先伺候。還衹擺九宮八卦陣勢，如若他來打陣，依次而起。縱他有百萬之衆，安敢衝突！』宋江道：『軍師言之甚妙。』隨即傳令已畢，各將三軍盡皆聽令。五更造飯，平明拔寨都起。前抵昌平縣界，即將軍馬擺開陣勢，扎下營寨。前面擺列馬軍，還是虎軍大將秦明在前，呼延灼在後，關勝居左，林沖居右，東南索超，東北徐寧，西南董平，西北楊志。宋江守領中軍。其餘衆將各依舊職。後面步軍，另作一處，做一陣在後，盧俊義、魯智深、武松三個爲主。數萬之中，都是能征慣戰之將，個個磨拳擦掌，準備廝殺。陣勢已完，專候番軍。

未及良久，遙望遼兵遠遠而來。前面六隊番軍人馬，又號哨路，又號壓陣。番兵六隊，每隊各有五百，左設三隊，右設三隊，循環往來，其勢不定。前看游兵，次後大隊蓋地來時，前軍盡是皂纛旗，一帶有七座旗門，每門有千匹馬，各有一員大將。怎生打扮？頭頂黑盔，身披玄甲，上穿皂袍，坐騎烏馬，手中一般軍器，正按北方斗、牛、女、虛、危、室、壁。七門之內總設一員把總大將，按上界北方玄武水星。怎生打扮？頭披青絲細髮，黃抹額緊束烏雲。身穿禿袖皂袍，銀壓鎧半兜冷氣。獅蠻帶緊扣烏油甲，錦雕鞍穩跨烏騅馬。挂一副走獸飛魚沙柳硬弓長箭，擎一口三尖兩刃四楞八環刀。乃是番將曲利出清，引三千披髮黑甲人馬，按北辰五氣星君。皂旗下軍兵不計其數。正是：凍雲截斷東方日，黑氣平吞北海風。

左軍盡是青龍旗，一帶也有七座旗門，每門有千匹馬，各有一員大將。怎生打扮？頭戴四縫盔，身披柳葉甲，上穿翠色袍，下坐青雕馬，手拿一般軍器，正按東方角、亢、氐、房、心、尾、箕。七門之內總設一員把總大將，按上界東方蒼龍木星。怎生打扮？頭戴獅子盔，身披狻猊鎧。堆翠綉青袍，縷金碧玉帶。坐雕鞍腰懸弓箭，踏寶鐙鷹嘴花靴。手中月斧金絲杆，身坐龍駒玉塊青。乃是番將衹兒拂郎，引三千青色寶幡人馬，按東震九氣星君。青旗下左右圍繞軍兵不計其數。正似：翠色點開黃道路，青霞截斷紫雲根。

右軍盡是白虎旗，一帶也有七座旗門，每門有千匹馬，各有一員大將。怎生打扮？頭帶水磨盔，身披爛銀鎧，上穿素羅袍，坐騎雪白馬，各拿伏手軍器，正按西方奎、婁、胃、昴、畢、觜、參。七門之內總設一員把總大將，按上界西方咸池金星。怎生打扮？頭頂兜鍪鳳翅盔，身披花銀雙鈎甲。腰間玉帶迸寒光，稱體素袍飛雪練。騎一匹照夜玉狻猊馬，使一枝純鋼銀棗槊。乃是番將烏利可安，引三千白纓素旗人馬，按西兑七氣星君。白旗下前後護御軍兵不計其數。正似：征駝卷盡陰山雪，番將斜披玉井冰。

後軍盡是緋紅旗，一帶亦有七座旗門，每門有千匹馬，各有一員大將。怎生打扮？頭戴鑌箱朱紅漆笠，身披猩猩血染征袍，桃紅鎖甲現魚鱗，衝陣龍駒名赤兔，各掿伏手軍器，正按南方井、鬼、柳、星、張、翼、軫。七門之內總設一員把總大將，按上界南方朱雀火星。怎生打扮？頭頂着絳冠，朱纓粲爛；身穿緋紅袍，茜色光輝。甲披一片紅霞，靴刺數條花縫。腰間寶帶紅鞓，臂挂硬弓長箭。手持八尺火龍刀，坐騎一匹胭脂馬。乃是番將洞仙文榮，引三千紅羅寶旛人馬，按南離三氣星君。紅旗下朱纓絳衣軍兵不計其數。正似：離宮走却六丁神，霹靂震開三昧火。

陣前左有一隊五千猛兵，人馬盡是金縷弁冠，鍍金銅甲，緋袍朱纓，火焰紅旗，絳鞍赤馬，簇擁着一員大將：頭戴簇芙蓉如意縷金冠，身披結連環獸面鎖子黃金甲，猩紅烈火綉花袍，碧玉嵌金七寶帶。使兩口日月雙刀，騎一四五明赤馬。乃是遼國御弟大王耶律得重，正按上界太陽星君。正似：金烏擁出扶桑國，火傘初離東海洋。

陣前右設一隊五千女兵，人馬盡是銀花弁冠，銀鈎鎖甲，素袍素纓，白旗白馬，銀杆刀槍，簇擁着一員女將：頭上鳳釵對插青絲，紅羅抹額亂鋪珠翠，雲肩巧襯錦裙，綉襖深籠銀甲，小小花靴金鐙穩，翩翩翠袖玉鞭輕。使一口七星寶劍，騎一匹銀雕白馬。乃是遼國天壽公主答裏孛，按上界太陰星君。正似：玉兔團團離海角，冰輪皎皎照瑤臺。

兩隊陣中，團團一遭盡是黃旗簇簇，軍將盡騎黃馬，都披金甲。襯甲袍起一片黃雲，綉包巾散半天黃霧。黃軍隊中有軍馬大將四員，各領兵三千，分于四角。每角上一員大將，團團守護。東南一員大將，青袍金甲，三叉金冠，獸面束帶，全副弓箭，青纓寶槍，坐騎粉青馬，立于陣前，按上界羅睺星君，乃是遼國皇侄耶律得榮。西南一員大將，紫袍銀甲，寶冠束帶，硬弓長箭，使一口寶刀，坐騎海騮馬，立于陣前，按上界計都星君，乃是遼國皇侄耶律得華；東北一員大將，綠袍銀甲，紫冠寶帶，腰懸龍弓鳳箭，手執方天畫戟，坐騎五明黃馬，立于陣前，按上界紫炁星君，乃是遼國皇侄耶律得忠；西北一員大將，白袍銅甲，紅抹額青絲亂撒，金厢帶七寶妝成，腰懸雕箭畫弓，手仗七星寶劍，坐騎踢雪烏騅馬，立于陣前，按上界月孛星君，乃是遼國皇侄耶律得信。

黃軍陣內簇擁着那員上將，按上界中央鎮星，左有執青旗，右有持白鉞，前有擎朱幡，後有張皂蓋。周回旗號按二十四氣六十四卦，南辰，北斗，飛龍，飛虎，飛熊，飛豹，明分陰陽左右，暗合旋璣玉衡乾坤混沌之象。那員上將怎生打扮？頭戴七寶紫金冠，耀日黃金龜背甲，西川蜀錦綉征袍，藍田美玉玲瓏帶。左懸金畫鐵胎弓，右帶鳳翎鈚子箭。足穿鷹嘴雲根靴，坐騎鐵脊銀雕馬。錦雕鞍穩踏金鐙，紫絲韁牢絆山鞽。腰間挂劍驅番將，手內揮鞭統大軍。馬前一將，擎着朱紅畫杆方天戟。這簇軍馬光輝，四邊渾如金色，按中宮土星一氣天君。乃是大遼國都統軍大元帥兀顏光上將軍。

黃旗之後，中軍是鳳輦龍車，前後左右七重劍戟槍刀圍繞。九重之內，又有三十六對黃巾力士推捧車駕。前有九騎金鞍駿馬駕轅，後有八對錦衣力士隨陣。輦上中間坐着大遼郎主，頭戴衝天唐巾，身穿九龍黃袍，腰系藍田玉帶，足穿朱履朝靴。左右兩個大臣：左丞相幽西孛瑾，右丞相太師褚堅，各戴貂蟬冠，火裙朱服，紫綬金章，象簡玉帶。龍床兩邊，金童玉女執簡捧珪。龍車前後左右兩邊，簇擁護駕天兵。大遼國主自按上界北極紫微大帝總領鎮星。左右二丞相，按上界左輔右弼星君。正是：一天星斗離乾位，萬象森羅降世間。有詩爲證：

旗幡鎧甲與刀槍，正按中央土德黃。天意豈能人力勝，枉將生命苦相戕。

那遼國番軍擺列天陣已定，正如雞卵之形，屯扎定時，團團似覆盆之狀。旗排四角，槍擺八方，循環無定，進退有則，宋江便教強弓硬弩射住陣脚。就中軍竪起雲梯將臺，引吳用、朱武上臺觀望。宋江看了驚訝不已。吳用看了，也不識的。朱武看了，認的是天陣。便對宋江、吳用道：「此乃是太乙混天象陣也。」宋江問道：「如何攻擊？」朱武道：「此天陣變化無窮，機關莫測，不可造次攻打。」宋江道：「若不打得開陣勢，如何得他軍退？」吳用道：「急切不知他陣內虛實，如何便去打的？」正商議間，兀顏統軍在中軍傳令：「今日屬金，可差亢金龍張起、牛金牛薛雄、婁金狗阿哩義、鬼金羊王景四將，跟隨太白金星大將烏利可安，離陣攻打宋兵。」宋江衆將在陣前，望見對陣右軍七門，或開或閉，軍中雷響，陣勢團團。那引軍旗在陣內自東轉北，北轉西，西投南。朱武見了，在馬上道：「此乃是天盤左旋之象。今日屬金，天盤左動，必有兵來。」說猶未了，五炮齊響，早見對陣踴出軍來。中是金星，四下是四宿，引動五旗軍馬卷殺過來，勢如山倒，力不可當。宋江軍馬措手不及，望後急退，大隊壓住陣脚。遼兵兩面夾攻，宋軍大敗。急忙退兵回到本寨。遼兵也不來追趕。點視軍中頭領：孔亮傷刀，李雲中箭，朱富着炮，石勇着槍，中傷軍卒不計其數。隨即發付上車，去後寨令安道全醫治。宋江教前軍下了鐵蒺藜，深栽鹿角，堅守寨門。

宋江在中軍納悶，與盧俊義等商議：『今日折了一陣，如之奈何？再若不出交戰，必來攻打。』盧俊義道：『來日着兩路軍馬撞住他那壓陣軍兵，再調兩路軍馬撞那廝正北七門，却教步軍從中間打將入去，且看裏面虛實如何。』宋江道：『也是。』次日，便依盧俊義之言，收拾起寨，前至陣前準備，大開寨門，引兵前進。遥望遼兵不遠，六隊壓陣遼兵遠探將來。宋江便差關勝在左，呼延灼在右，引本部軍馬撞退壓陣遼兵，大隊前進，與遼兵相接。宋江再差花榮、秦明、董平、楊志在左，林沖、徐寧、索超、朱仝在右，兩隊軍兵來撞皂旗七門。果然撞開皂旗陣勢，殺敗皂旗人馬。正北七座旗門，隊伍不整。宋江陣中却轉過李逵、樊瑞、鮑旭、項充、李衮五百牌手向前，背後魯智深、武松、楊雄、石秀、解珍、解寶將帶應有步軍頭目，撞殺入去。混天陣內，衹聽四面炮響，東西兩軍，正面黄旗軍，撞殺將來。宋江軍馬抵當不住，轉身便走。後面架隔不定，大敗奔走，退回原寨。急點軍時，折其大半。杜遷、宋萬又帶重傷。于內不見了黑旋風李逵。原來李逵殺的性起，衹顧砍入他陣裏去，被他撓鈎搭住，活捉去了。宋江在寨中聽的，心中納悶。傳令教先送杜遷、宋萬去後寨，令安道全調治。帶傷馬匹叫牽去與皇甫端料理。

宋江又與吴用等商議：『今日又折了李逵，輸了這一陣，似此怎生奈何？』吴用道：『前日我這裏活捉的他那個小將軍，是兀顔統軍的孩兒，正好與他打换。』宋江道：『這番换了，後來倘若折將，何以解救？』吴用道：『兄長何故執迷，且顧眼下。』説猶未了，小校來報：『有遼將遣使到來打話。』宋江唤入中軍。那番官來與宋江厮見，説道：『俺奉元帥將令，今日拿得你的一個頭目，到俺總兵面前，不肯殺害，好生與他酒肉管待在那裏。統軍要送來與你换他孩兒小將軍還他，如是將軍肯時，便送那個頭目來還。』宋江道：『既是恁地，俺明日取小將軍來到陣前，兩相交换。』番官領了宋江言語，上馬去了。宋江再與吴用商議道：『我等無計破他陣勢，不若取將小將軍來，就這裏解和這陣，兩邊各自罷戰。』吴用道：『且將軍馬暫歇，别生良策再來破敵，未爲晚矣。』到曉，差人星夜去取兀顔小將軍來，也差個人直往兀顔統軍處，説知就裏。

且説兀顔統軍正在帳中坐地，小軍來報：『宋先鋒使人來打話。』統軍傳令教唤入來。到帳前見了兀顔統軍説道：『俺的宋先鋒拜意統軍麾下，今送小將軍回來，换俺這個頭目。即今天氣嚴寒，軍士勞苦，兩邊權且罷戰，待來春别作商議，俱免人馬凍傷，請統軍將令。』兀顔統軍聽了大喝道：『無智辱子被汝生擒，縱使得活，有何面目見咱！不用相换，便拿下替俺斬了。若要罷戰權歇，教你宋江束手來降，免汝一死。若不如此，吾引大兵一到，寸草不留！』大喝一聲：『退去！』使者飛馬回寨報復，將這話訴與宋江。宋江慌速，衹怕救不得李逵，拔寨便起，帶了兀顔小將軍，直抵前軍。隔陣大叫：『可放過俺的頭目來，我還你小將軍。不罷戰不妨，自與你對陣厮殺。』衹見遼兵陣中，無移時把李逵一騎馬送出陣前來，這裏也牽一匹馬送兀顔小將軍出陣去。兩家如此一言爲定，兩邊一齊同收同放。李將軍回寨，小將軍也騎馬過去了。當日兩邊都不厮殺。宋江退兵回寨，且與李逵賀喜。

宋江在帳中與諸將商議道：『遼兵勢大，無計可破，使我憂煎，度日如年。怎生奈何？』呼延灼道：『我等來日可分十隊軍馬，兩路去當壓陣軍兵，八路一齊撞擊，决此一戰。』宋江道：『全靠你等衆弟兄同心戮力，來日必行。』吴用道：『兩番撞擊不動，不如守等他來交戰。』宋江道：『等他來也不是良法，衹是衆弟兄當以力敵，豈有連敗之理。』當日傳令，次早拔寨起軍，分作十隊飛搶前去。兩路先截住後背壓陣軍兵，八路軍馬更不打話，吶喊摇旗，撞入混天陣去。聽的裏面雷聲高舉，四七二十八門一齊分開，變作一字長蛇之陣，便殺出來。宋江軍馬措手不及，急令回軍，大敗而走。旗槍不整，金鼓偏斜，速退回來。到得本寨，于路損折軍馬數多。宋江傳令，教軍將緊守山口寨栅，深掘濠塹，牢栽鹿角，堅閉不出，且過冬寒。

却説副樞密趙安撫累次申達文書赴京，奏請索取衣襖等件。因此朝廷特差御前八十萬禁軍槍棒教頭，正受鄭州團練使，姓王，雙名文斌，此人文武雙全，智勇足備，將帶京師一萬餘人，起差民夫車輛，押運衣襖五十萬領，前赴宋先鋒軍前交割，就行催肐軍將向前交戰，早奏凱歌，毋得違慢，取罪不便。王文斌領了聖旨文書，將帶隨行軍器，拴束衣甲鞍馬，催攢人夫軍馬，起運車仗，出東京望陳橋驛進發。監押着一二百輛車子，上插黃旗，書『御賜衣襖』，迤邐前進。經過去處，自有官司供給口糧。在路非則一日，來到邊庭，參見了趙樞密，呈上中書省公文。趙安撫看了，大喜道：『將軍來的正好！目今宋先鋒被大遼兀顔統軍把兵馬擺成混天陣勢，連輸了數陣。頭目人等，中傷者多，現今發在此間將養，令安道全醫治。宋先鋒扎寨在永清縣地方，并不敢出戰，好生納悶。』王文斌稟道：『朝廷因此就差某來催肐軍士前向，早要取勝。今日既然累敗，王某回京師見省院官，難以回奏聖上。文斌不才，自幼頗讀兵書，略曉些陣法。就到軍前，略施小策，願決一陣，與宋先鋒分憂。未知樞相鈞命若何？』趙樞密大喜，致酒宴賞，就軍中犒勞押車人夫，就教王文斌轉運衣襖解付宋江軍前給散。趙安撫先使人報知宋先鋒去了。

且說宋江在中軍帳中納悶，聞知趙樞密使人來，轉報東京差教頭鄭州團練使王文斌押送衣襖五十萬領，就來軍前催并用功。宋江差人接至寨中下馬，請入帳內，把酒接風。數杯酒後，詢問緣由。宋江道：『宋某自蒙朝廷差遣到邊，上托天子洪福齊天，得了四個大郡。今到幽州，不想被大遼兀顔統軍設此混天象陣，屯兵二十萬，整整齊齊，按周天星象，請啓大遼國主御駕親征。宋江連敗數陣，堅守不出，無計可施。屯駐不敢輕動。今幸得將軍降臨，願賜指教。』王文斌道：『量這個混天陣何足爲奇！王某不才，同到軍前一觀，別有主見。』宋江大喜，先令裴宣且將衣襖給散軍將。衆人穿罷，望南謝恩，口呼萬歲。當日中軍置酒，殷勤管待，就行賞勞三軍。

來日，結束五軍都起。王文斌取過帶來的頭盔衣甲，全副披挂上馬，都到陣前。對陣遼兵望見宋兵出戰，報入中軍，金鼓齊鳴，喊聲大舉。六隊戰馬哨出陣來，宋江分兵殺退。王文斌上將臺親自看一回，下雲梯來說道：『這個陣勢也秖如常，不見有甚驚人之處。』不想王文斌自己不識，且圖詐人要譽，便叫前軍擂鼓搦戰。對陣番軍也擂鼓鳴金，宋江立馬大喝道：『不要狐朋狗黨，敢出來挑戰麽？』說猶未了，黑旗隊裏第四座門内飛出一將，那番官披頭散髮，黃羅抹額，襯着金箍烏油鎧甲，秃袖皂袍，騎匹烏騅馬，挺三尖刀，直臨陣前。背後牙將不記其數。引軍皂旗上書銀字『大將曲利出清』，躍馬陣前搦戰。王文斌尋思道：『我不就這裏顯揚本事，再于何處施逞？』便挺槍躍馬出陣，與番官更不打話，驟馬相交。王文斌使槍便搠，番將舞刀來迎。鬥不到二十餘合，番將回身便走，王文斌見了，便驟馬飛槍直趕將去。原來番將不輸，特地要賣個破綻漏他來趕。番將輪起罩刀，覷着王文斌較親，翻身背砍一刀，把王文斌連肩和胸脯砍做兩段，死于馬下。宋江見了，急叫收軍。那遼兵撞掩過來，又折了一陣，慌慌忙忙收拾還寨。衆多軍將看見立馬斬了王文斌，都面面厮覷，俱各駭然。宋江回到寨中，動紙文書，申復趙樞密說：『王文斌自願出戰身死，發付帶來人伴回京。』趙樞密聽知此事，輾轉憂悶，甚是煩惱。秖得寫了申呈奏本，關會省院，打發來的人伴回京去了。有詩爲證：

趙括徒能讀父書，文斌詭計又何愚。輕生容易論兵策，無怪須臾喪厥軀。

且說宋江自在寨中納悶，百般尋思無計可施，怎生破得遼兵？寢食俱廢，夢寐不安，坐卧憂煎。是夜嚴冬，天氣甚冷。宋江閉上帳房，秉燭沉吟悶坐。時已二鼓，神思困倦，和衣隱幾而卧。覺道寨中狂風忽起，冷氣侵人。宋江起身，見一青衣女童向前打個稽首，宋江便問：『童子自何而來？』童子答曰：『小童奉娘娘法旨，有請將軍，便煩移步。』宋江道：『娘娘見在何處？』童子指道：『離此間不遠。』宋江遂隨童子出的帳房。但見上下天光一色，金碧交加，香風細細，瑞靄飄飄，有如二三月間天氣。行不過二三里多路，見座大林，青松茂盛，翠柏森然，紫桂亭亭，石欄隱隱，兩邊都是茂林修竹，垂柳夭桃，曲折闌干。轉過石橋，朱紅櫺星門一座。仰觀四面，蕭墻粉壁，畫棟雕梁，金釘朱户，碧瓦重檐，四邊簾卷蝦鬚，正面窗横龜背。女童引宋江從左廊下而進，到東向一個閣子前，推開朱户，教宋江裏面少坐。舉目望時，四面雲窗寂静，霞彩滿階，天花繽紛，异香繚繞。

童子進去，復又出來，傳旨道：『娘娘有請，星主便行。』宋江坐未暖席，即時起身。又見外面兩個仙女入來，頭戴芙蓉碧玉冠，身穿金縷絳綃衣，面如滿月，體貌輕盈，手似春笋，與宋江施禮。宋江不敢仰視。那兩個仙女道：『將軍何故作謙，娘娘更衣便出，請將軍議論國家大事。便請同行。』宋江唯然而行。聽的殿上金鐘聲響，玉磬音鳴，青衣迎請宋江上殿。二仙女前進，奉引宋江自東階而上。行至珠簾之前，宋江祇聽的簾內玎璫隱隱，玉佩鏘鏘。青衣請宋江入簾內，跪在香案之前。舉目觀望殿上，祥雲靄靄，紫霧騰騰，正面九龍床上坐着九天玄女娘娘。頭戴九龍飛鳳冠，身穿七寶龍鳳絳綃衣，腰系山河日月裙，足穿雲霞珍珠履，手執無瑕白玉珪璋。兩邊侍從女仙約有三二十個。

玄女娘娘與宋江曰：『吾傳天書與汝，不覺又早數年矣。汝能忠義堅守，未嘗少怠。今宋天子令汝破遼，勝負如何？』宋江俯伏在地，拜奏曰：『臣自得蒙娘娘賜與天書，未嘗輕慢泄漏于人。今奉天子敕命破遼，不期被兀顏統軍設此混天象陣，累敗數次，臣無計可施得破天陣，正在危急存亡之際。』玄女娘娘曰：『汝知混天象陣法否？』宋江再拜奏道：『臣乃下土愚人，不曉其法，望乞娘娘賜教。』玄女娘娘曰：『此陣之法，聚陽象也。祇此攻打，永不能破。若欲要破，須取相生相克之理。且如前面皂旗軍馬內設水星，按上界北方五氣辰星。你宋兵中可選大將七員，黃旗、黃甲、黃衣、黃馬，撞破遼兵皂旗七門。續後命猛將一員，身披黃袍，直取水星。此乃土克水之義也。却以白袍軍馬，選將八員，打透大遼左邊青旗軍陣。此乃金克木之義也。却以紅袍軍馬，選將八員，打透大遼右邊白旗軍陣，此乃火克金之義也。却以皂旗軍馬，選將八員，打透大遼後軍紅旗軍陣，此乃水克火之義也。却命一枝青旗軍馬，選將九員，直取中央黃旗軍陣主將，此乃木克土之義也。再選兩枝軍馬，命一枝綉旗花袍軍馬，扮作羅睺，獨破遼兵太陽軍陣。命一枝素旗銀甲軍馬，扮作計都，直破遼兵太陰軍陣。再造二十四部雷車，按二十四氣，上放火石火炮，直推入遼兵中軍。令公孫勝布起風雷天罡正法，徑奔入大遼國主駕前。可行此計，足取全勝。日間不可行兵，須是夜黑可進。汝當親自領兵，掌握中軍，催動人馬，一鼓而可成功。吾之所言，汝當秘受。保國安民，勿生退悔。天凡有限，從此永別。他日瓊樓金闕，別當重會。汝宜速還，不可久留。』特命青衣獻茶。宋江吃罷。令青衣即送星主還寨。

宋江再拜，懇謝娘娘，出離殿庭。青衣前引宋江下殿，從西階而出，轉過欞星紅門，再登舊路。才過石橋松徑，青衣用手指道：『遼兵在那裏，汝當可破。』宋江回顧，青衣用手一推，猛然驚覺，就帳中做了一夢。

靜聽軍中更鼓，已打四更。宋江便叫請軍師圓夢。吳用來到中軍帳內，宋江道：『軍師有計破混天陣否？』吳學究道：『未有良策可施。』宋江道：『我已夢玄女娘娘傳與秘訣，尋思定了，特請軍師商議。可以會集諸將，分撥行事。盡此一陣，須用大將。』吳用道：『願聞良策如何破敵？』宋江言無數句，話不一席，有分教：大遼國主拱手歸降，兀顏統軍死于非命。正是：動達天機施妙策，擺開星斗破迷關。

畢竟宋江用甚計策，怎生打陣，且聽下回分解。

第八十九回　宋公明破陣成功　宿太尉頒恩降

話説當下宋江夢中授得九天玄女之法，不忘一句，便請軍師吴用計議定了，申復趙樞密。寨中合造雷車二十四部，都用畫板鐵葉釘成，下裝油柴，上安火炮。連更曉夜，催并完成。商議打陣，會集諸將人馬。宋江傳令，各各分派。便點按中央戊己土黄袍軍馬，戰大遼水星陣内，差大將一員雙槍將董平。左右撞破皂旗軍七門，差副將七員：朱仝、史進、歐鵬、鄧飛、燕順、馬麟、穆春。再點按西方庚辛金白袍軍馬，戰大遼木星陣内，差大將一員豹子頭林沖。左右撞破青旗軍七門，差副將七員：徐寧、穆弘、黄信、孫立、楊春、陳達、楊林。再點按南方丙丁火紅袍軍馬，戰大遼金星陣内，差大將一員霹靂火秦明。左右撞破白旗軍七門，差副將七員：劉唐、雷横、單廷珪、魏定國、周通、龔旺、丁得孫。再點按北方壬癸水黑袍軍馬，戰大遼火星陣内，差大將一員雙鞭呼延灼。左右撞破紅旗軍七門，差副將七員：楊志、索超、韓滔、彭玘、孔明、鄒淵、鄒潤。再點按東方甲乙木青袍軍馬，戰大遼土星主將陣内，差大將一員大刀關勝。左右撞破中軍黄旗主陣人馬，差副將八員：花榮、張清、李應、柴進、宣贊、郝思文、施恩、薛永。再差一枝綉旗花袍軍，打大遼太陽左軍陣内，差大將七員：魯智深、武松、楊雄、石秀、焦挺、湯隆、蔡福。再差一枝素袍銀甲軍，打大遼太陰右軍陣中，差大將七員：扈三娘、顧大嫂、孫二娘、王英、孫新、張青、蔡慶。再差打中軍一枝悍勇人馬，直擒大遼國主，差大將六員：盧俊義、燕青、吕方、郭盛、解珍、解寶。再遣護送雷車至中軍大將五員：李逵、樊瑞、鮑旭、項充、李袞。其餘水軍頭領并應有人員，盡到陣前協助破陣。陣前還立五方旗幟八面，分撥人員，仍排九宫八卦陣勢。宋江傳令已罷，衆將各各遵依。一面攢造雷車已了，裝載法物，推到陣前。正是：計就驚天地，謀成破鬼神。

且説兀顔統軍連日見宋江不出交戰，差遣壓陣軍馬，直哨到宋江寨前。宋江連日制造完備，選定日期。是晚起身，來與遼兵相接，一字兒擺開陣勢。前面盡把强弓硬弩射住陣脚，衹待天色傍晚。黄昏左側，衹見朔風凛凛，彤雲密布，罩合天地，未晚先黑。宋江教衆軍人等斷蘆爲笛，銜于口中，唿哨爲號。當夜先分出四路兵去，衹留黄袍軍擺在陣前。

這分出四路軍馬，趕殺大遼哨路番軍，繞陣脚而走，殺投北去。

初更左側，宋江軍中連珠炮響。呼延灼打開陣門，殺入後軍，直取火星。關勝隨即殺入中軍，直取土星。林沖引軍殺入左軍陣内，直取木星。秦明領軍撞入右軍陣内，直取金星。董平便調軍攻打頭陣，直取水星。公孫勝在陣中仗劍作法，踏罡布斗，敕起五雷。是夜南風大作，吹的樹梢垂地，走石飛沙，雷公閃電。一齊點起二十四部雷車，李逵、樊瑞、鮑旭、項充、李袞，將引五百牌手，悍勇軍兵，護送雷車，推入大遼軍陣。一丈青扈三娘引兵便打入遼兵太陰陣中。花和尚魯智深引兵便打入遼兵太陽陣中。玉麒麟盧俊義引領一枝軍馬，隨着雷車，直奔中軍。你我自去尋隊厮殺。是夜，雷車火起，空中霹靂交加，殺氣滿天，走石飛沙。端的是殺得星移斗轉，日月無光，鬼哭神號，人兵撩亂。

且説兀顔統軍正在中軍遣將，衹聽得四下裏喊聲大振，四面厮殺，急上馬時，雷車已到中軍。烈烜漲天，炮聲震地，關勝一枝軍馬早到帳前。兀顔統軍急取方天畫戟與關勝大戰，怎禁没羽箭張清取石子望空中亂打，打的四邊牙將，中傷者多，逃命散走。李應、柴進、宣贊、郝思文，縱馬横刀，亂殺軍將。兀顔統軍見身畔没了羽翼，撥回馬望北而走。關勝飛馬緊追。正是：鐃君走上焰摩天，脚下騰雲須趕上。

花榮在背後見兀顔統軍輸了，一騎馬也追將來。急拈弓搭箭，望兀顔統軍射將去。那箭正中兀顔統軍後心。聽的錚地一聲，火光迸散，正射在護心鏡上。却待再射，關勝趕上，提起青龍刀當頭便砍。那兀顔統軍披着三重鎧甲，貼裏一層連環鑌鐵鎧，中間一重海獸皮甲，外面方是鎖子黄金甲。關勝那一刀砍過，衹透的兩層。再復一刀，兀顔統軍就刀影裏閃過，勒馬挺方天戟來迎。兩個又鬥到三五合，花榮趕上，覷兀顔統軍面門，又放一箭。兀顔統軍急躲，那枝箭帶耳根穿住鳳翅金冠。兀顔統軍急走，張清飛馬趕上，拈起石子望頭臉上便打。石子飛去，打的

兀顏統軍撲在馬上，拖着畫戟而走。關勝趕上，再復一刀。那青龍刀落處，把兀顏統軍連腰截骨帶頭砍着，攧下馬去。花榮搶到，先換了那匹好馬。張清趕來，再復一槍。可憐兀顏統軍一世豪杰，一柄刀，一條槍，結果了性命！有詩爲證：

李靖六花人亦識，孔明八卦世應知。
混天祇想無人敵，也有神機打破時。

却說魯智深引着武松等六員頭領，衆將吶聲喊，殺入遼兵太陽陣內。那耶律得重急待要走，被武松一戒刀掠斷馬頭，倒撞下馬來。揪住頭髮，一刀取了首級。兩個孩兒逃命走了。殺散太陽陣勢。魯智深道：『俺們再去中軍，拿了大遼國主，便是了事也。』

且說遼兵太陰陣中，天壽公主聽得四邊喊起厮殺，慌忙整頓軍器上馬，引女兵伺候。祇見一丈青舞起雙刀，縱馬引着顧大嫂等六員頭領，殺入帳來。正與天壽公主交鋒。兩個鬥無數合，一丈青放開雙刀，搶入公主懷內，劈胸揪住。兩個在馬上扭做一團，絞做一塊。王矮虎趕上，活捉了天壽公主。顧大嫂、孫二娘在陣裏，殺散女兵。孫新、張青、蔡慶在外面夾攻。可憐金枝玉葉如花女，却作歸降被縛人！

且說盧俊義引兵殺到中軍，解珍、解寶先把『帥』字旗砍翻，亂殺番官番將。當有護駕大臣與衆多牙將緊護大遼國主鑾駕，往北而走。陣內羅睺、月孛二皇侄，俱被刺死于馬下。計都皇侄就馬上活拿了。紫氣皇侄不知去向。大兵重重圍住，直殺到四更方息。殺的遼兵二十餘萬，七損八傷。

將及天明，諸將都回。宋江鳴金收軍下寨，傳令教生擒活捉之衆，各自獻功。一丈青獻太陰星天壽公主，盧俊義獻計都星皇侄耶律得華，朱仝獻水星曲利出清，歐鵬、鄧飛、馬麟獻鬥木獬蕭大觀，楊林、陳達獻心月狐裴直，單廷珪、魏定國獻胃土雉高彪，韓滔、彭玘獻柳土獐雷春、翼火蛇狄聖。諸將獻首級不計其數。宋江將生擒八將，盡行解赴趙樞密中軍收禁。所得馬匹，就俵撥各將騎坐。

且說大遼國主，慌速退入燕京，急傳聖旨，堅閉四門，緊守城池，不出對敵。宋江知得大遼國主退回燕京，便教軍馬拔寨都起，直追至城下，團團圍住。令人請趙樞密直至後營，監臨打城。宋江傳令教就燕京城外團團豎起雲梯炮石，扎下寨柵，準備打城。

遼國郎主心慌，會集群臣商議，都道：『事在危急，莫若歸降大宋，此爲上計。』大遼郎主遂從衆議。于是城上早豎起降旗，差人來宋營求告：『年年進牛馬，歲歲獻珠珍，再不敢侵犯中國。』宋江引着來人，直到後營，拜見趙樞密，通說投降一節，年年進貢，歲歲來朝。趙樞密聽了道：『此乃國家大事，投降之事，須用取自上裁，我未敢擅便主張。你遼國有心投降，可差的當大臣，親赴東京，朝見天子。聖旨准你遼國皈降表文，降詔赦罪，方敢退兵罷戰。』

來人領了這話，便入城回復郎主，奏知此事。當下國主聚集文武百官，商議此事。時有右丞相太師褚堅，出班奏曰：『目今郎主兵微將寡，人馬皆無，如何迎敵？在于危急之際，論臣愚意，可多把金帛賄賂，以結人心。微臣親往宋先鋒寨內，重許厚禮。一面令其住兵停戰，免的攻城。一面收拾禮物，徑往東京，投買省院諸官，令其于天子之前，善言啓奏，別作宛轉。目今中國蔡京、童貫、高俅、楊戩四個賊臣專權，童子皇帝聽他四個主張。可把金帛賄賂與此四人，買其講和。必降詔赦，收兵罷戰。』郎主准奏。

次日，丞相褚堅出城來，直到宋先鋒寨中。宋江接至帳上，便問：『丞相來意何如？』褚堅先說了國主投降一事，然後許宋先鋒金帛頑好之物。宋江聽了，說與丞相褚堅道：『俺連日攻城，不愁打你這個城池不破。一發斬草除根，免了萌芽再發。看見你城上豎起降旗，以此停兵罷戰。兩國交鋒，自古國家有投降之理。准你投拜納降，因此按兵不動。容汝赴朝廷請罪獻納。汝今以賄賂相許，覷宋江爲何等之人！再勿復言！』褚堅惶恐。宋江又道：『丞相，

容汝上國朝京，取自上裁。俺等按兵不動，待汝速去快來。汝勿遲滯。』

褚堅拜謝了宋先鋒，作別出寨，上馬回燕京來，奏知國主。衆大臣商議已定。次日，遼國君臣收拾玩好之物，金銀寶貝，彩繒珍珠，裝載上車。差丞相褚堅并同番官一十五員，前往京師。鞍馬三十餘騎，修下請罪表章一道，離了燕京，到宋江寨內，參見了宋江。宋江引褚堅來見趙樞密，說知此事：『遼國今差丞相褚堅，親往京師朝見，告罪投降。』趙樞密留住褚堅，以禮相待。自來與宋先鋒商議，亦動文書，申達天子。就差柴進、蕭讓賫奏，就帶行軍公文，關會省院，一同相伴丞相褚堅，前往東京。

在路不止一日，早到京師。便將十車進奉金寶禮物，車仗人馬，于館驛內安下。柴進、蕭讓賫捧行軍公文，先去省院下了。稟說道：『即日兵馬圍困燕京，旦夕可破。遼國郎主于城上豎起降旗，今遣丞相褚堅前來上表，請罪納降，告赦罷兵。未敢自專，來請聖旨。』省院官說道：『你且與他館驛內權時安歇，待俺這裏從長計議。』

此時蔡京、童貫、高俅、楊戩并省院大小官僚，都是好利之徒。却說大遼丞相褚堅并衆人，先尋門路，見了太師蔡京等四個大臣。次後省院各官處，都有賄賂。各各先以門路饋送禮物諸官已了。次日早朝，大宋天子升殿，百官朝賀，拜舞已畢。樞密使童貫出班奏曰：『有先鋒使宋江，殺退遼兵，直至燕京，圍住城池攻擊，旦夕可破。今有大遼國主早豎降旗，情願投降，遣使丞相褚堅，奉表稱臣，納降請罪，告赦講和，求敕退兵罷戰，情願年年進奉，不敢有違。臣等省院，不敢自專，伏乞聖鑒。』天子曰：『似此講和，休兵罷戰，仍存本國。汝等衆卿如何計議？』旁有太師蔡京出班奏曰：『臣等衆官俱各計議：自古及今，四夷未嘗盡滅。臣等愚意，可存遼國，作北方之屏障，堪爲唇齒之邦。年年進納歲幣，于國有益。合准投降請罪，休兵罷戰，詔回軍馬，以護京師。臣等未敢擅便，乞陛下聖鑒。』天子准奏，傳聖旨：『令遼國來使面君。』當有殿頭官傳令，宣褚堅等一行來使，都到金殿之下，揚塵拜舞，頓首山呼。侍臣呈上表章，就御案上展開。宣表學士，高聲讀道：

『大遼國主臣耶律輝頓首頓首百拜上言：臣生居朔漠，長在番邦。不通聖賢之大經，罔究綱常之大禮。詐文僞武，左右多狼心狗行之徒；好賂貪財，前後悉鼠目獐頭之輩。小臣昏昧，屯衆猖狂。侵犯疆封，以致天兵而討罪；妄驅士馬，動勞王室以興師。量螻蟻安足以撼泰山，想衆水必然歸于大海。念臣等雖守數座之荒城，應無半年之積蓄。今特遣使臣褚堅，冒幹天威，納土請罪。倘蒙聖上憐憫蕞爾之微生，不廢祖宗之遺業，是以銘心刻骨，瀝膽披肝，永爲戎狄之番邦，實作天朝之屏翰。老老幼幼，真獲再生，子子孫孫，久遠感戴。進納歲幣，誓不敢違。臣等不勝戰栗屏營之至！誠惶誠恐，稽首頓首！謹上表以聞。

宣和四年冬月　日，大遼國主

臣耶律輝表。』

徽宗天子御覽表文已畢，階下群臣稱善。天子命取御酒以賜來使。丞相褚堅等便取金帛歲幣，進在朝前。天子命寶藏庫收訖。仍另納下每年歲幣牛馬等物。天子回賜緞匹表裏。光禄寺賜宴。敕令丞相褚堅等先回。『待寡人差官，自來降詔。』褚堅等謝恩，拜辭天子出朝，且歸館驛。是日朝散，褚堅又令人再于各官門下，重打關節。蔡京力許：『令丞相自回，都在我等四人身上。』褚堅謝了太師，自回遼國去了。

却說蔡太師次日引百官入朝，啓奏降詔回下遼國。天子准奏，急敕翰林學士草詔一道，就御前便差太尉宿元景，齎擎丹詔，直往遼國開讀。另敕趙樞密，令宋先鋒收兵罷戰，班師回京。將應有被擒之人，釋放還國。原奪城池，仍舊給還管領。府庫器具，交割遼邦歸管。天子朝退，百官皆散。次日，省院諸官，都到宿太尉府，約日送行。

再說宿太尉領了詔敕，不敢久停君命，準備轎馬從人，辭了天子，別了省院諸官，就同柴進、蕭讓同上遼邦。出京師，望陳橋驛投邊塞進發。在路行時，正值嚴冬之月，四野彤雲密布，分揚雪墜平鋪，粉塑千林，銀裝萬里。宿太尉一行人馬，冒雪撞風，迤邐前進。雪霽未消，漸臨邊塞。柴進、蕭讓先使哨馬報知趙樞密，前去通報宋先鋒。

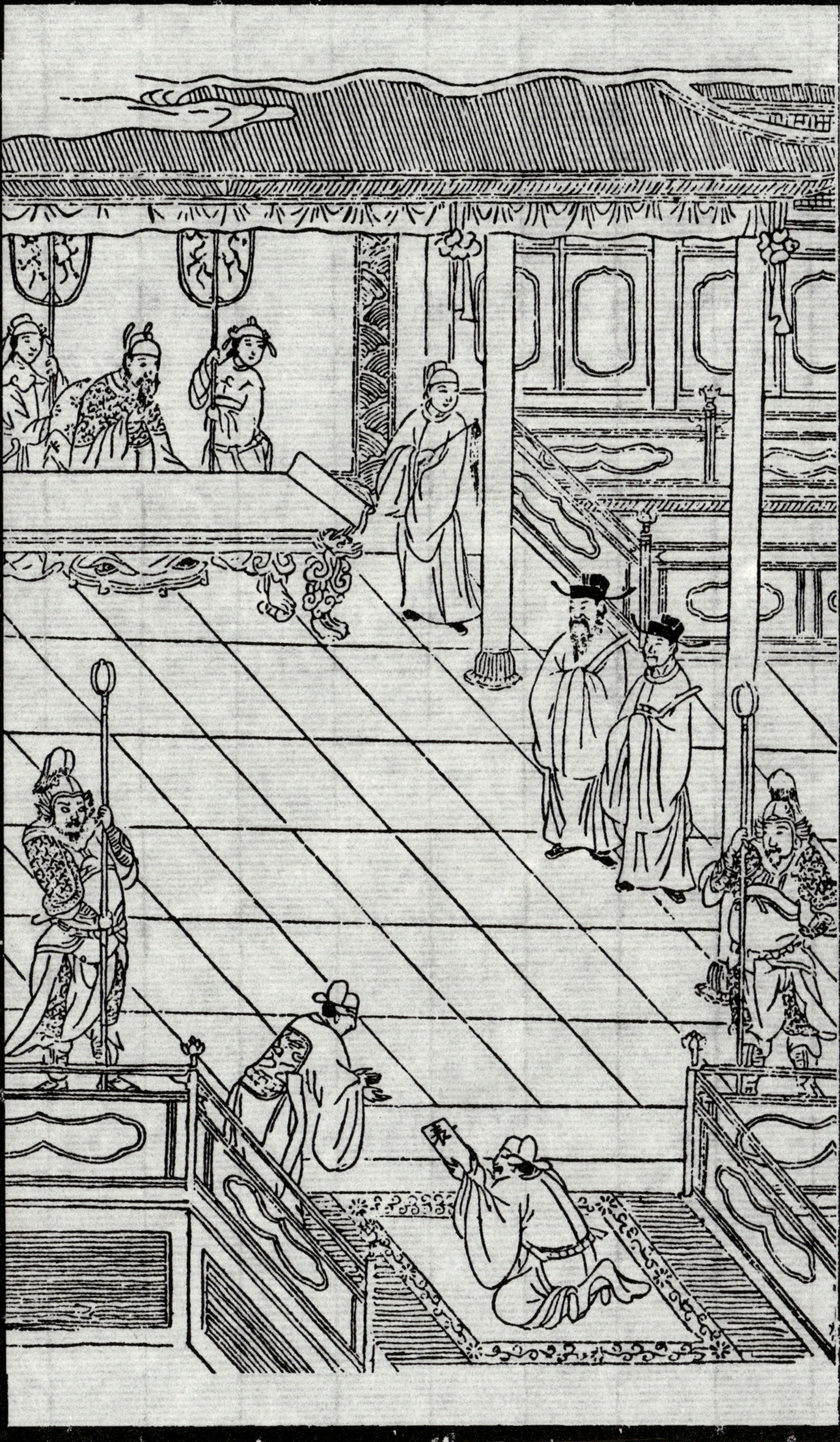

宋江見哨馬飛報，便携酒禮，引衆出五十里，伏道迎接。接着宿太尉，相見已畢，把了接風酒，各官俱喜。請至寨中，設筵相待，同議朝廷之事。宿太尉言説：『省院等官，蔡京、童貫、高俅、楊戩，俱各受了遼國賄賂，于天子前極力保奏此事，准其投降，休兵罷戰。詔回軍馬，守備京師。』宋江聽了，嘆道：『非是宋某怨望朝廷，功勛至此，又成虚度！』宿太尉道：『先鋒休憂。元景回朝，天子前必當重保。』趙樞密又道：『放着下官爲證，怎肯教虚費了將軍大功！』宋江稟道：『某等一百八人，竭力報國，并無异心，亦無希恩望賜之念。祇得衆弟兄同守勞苦，實爲幸甚。若得樞相肯做主張，深感厚德。』當日飲宴，衆皆歡喜，至晚席散。隨即差人一面報知大遼國主，準備接詔。

次日，宋江撥十員大將，護送宿太尉進遼國頒詔。都是錦袍金甲，戎裝革帶。那十員上將：關勝、林沖、秦明、呼延灼、花榮、董平、李應、柴進、吕方、郭盛，引領馬步軍三千，護持太尉，前遮後擁，擺布入城。燕京百姓，排門香花燈燭。大遼國主親引百官文武，具服乘馬，出南門迎接詔旨。直至金鑾殿上，十員大將立于左右，宿太尉立于龍亭之左。國主同百官跪于殿前。殿頭官喝拜。國主同文武拜罷，遼國侍郎承恩請詔，就殿上開讀。詔曰：

『大宋皇帝制曰：三王立位，五帝禪宗。無君子莫治野人，無野人莫養君子。雖中華而有主，焉夷狄豈無君！茲爾遼國，不遵天命，數犯疆封，理合一鼓而滅。朕今覽其情詞，憐其哀切，憫汝悍孤，不忍加誅，仍存其國。詔書至日，即將軍前所擒之將，盡數釋放還國。原奪一應城池，仍舊給還遼國管領。所供歲幣，慎勿怠忽。於戲！敬事大國，祇畏天地，此藩翰之職也。爾其欽哉！故茲詔示，想宜知悉。

宣和四年冬月　日。』

當時遼國侍郎開讀詔旨已罷，郎主與百官再拜謝恩。行君臣禮畢，抬過詔書龍案。郎主便與宿太尉相見。敘禮已畢，請入後殿，大設華筵，水陸俱備。番官進酒，戎將傳杯，歌舞滿筵，胡笳聒耳，燕姬美女，各奏戎樂，

羯鼓塤篪，胡旋慢舞。筵宴已終，送宿太尉并衆將于館驛内安歇。是日，跟去人員，都有賞勞。

次日，國主命丞相褚堅出城至寨，邀請趙樞密、宋先鋒同入燕京赴宴。宋江便與軍師吴用計議不行，祇請得趙樞密入城，相陪宿太尉飲宴。是日，遼國郎主大張筵席，管待朝使。葡萄酒熟傾銀瓮，黄羊肉美滿金盤。异果堆筵，奇花散彩。筵席將終，祇見國主金盤捧出玩好之物，上獻宿太尉、趙樞密。直飲至更深方散。第三日，大遼國主會集文武群臣，番戎鼓樂，送太尉、樞密出城還寨。再命丞相褚堅，將牛羊、馬匹、金銀、彩緞等項禮物，直至宋先鋒軍前寨内，大設廣會，犒勞三軍，重賞衆將。

宋江傳令，教取天壽公主一干人口，放回本國。仍將奪過檀州、薊州、霸州、幽州，依舊給還大遼管領。一面先送宿太尉還京。次後，收拾諸將軍兵車仗人馬，分撥人員，先發中軍軍馬，護送趙樞密起行。宋先鋒寨内自己設宴。一面賞勞水軍頭目已了，着令乘駕船隻，從水路先回東京，駐扎聽調。

宋江再使人入城中，請出左右二丞相，前赴軍中説話。當下遼國郎主，教左丞相幽西孛瑾，右丞相太師褚堅，來至宋先鋒行營，至于中軍相見。宋江邀請上帳，分賓而坐。宋江開話道：『俺武將兵臨城下，將至壕邊，奇功在邇，本不容汝投降。打破城池，盡皆剿滅，正當其理。主帥聽從，容汝申達朝廷。皇上憐憫，存惻隱之心，不肯盡情追殺。如此容汝投降，納表請罪，今獲大全。吾待朝京，汝等勿以宋江等輩不能勝爾，休生反復，年年進貢，不可有缺。吾今班師還國，汝宜謹慎自守，休得故犯！天兵再至，決無輕恕！』二丞相叩首伏罪拜謝。宋江再用好言戒諭，二丞相懇謝而去。

宋江即撥一隊軍兵，與女將一丈青等先行。隨即唤令隨軍石匠，采石爲碑，令蕭讓作文，以記其事。金大堅鐫石已畢，竪立在永清縣東一十五里茅山之下。至今古迹尚存。有詩爲證：

僞遼歸順已知天，納幣稱臣自歲年。勒石鐫銘表功績，頡頏銅柱及燕然。

宋江却將軍馬分作五起進發，克日起行。衹見魯智深忽到帳前，合掌作禮，對宋江道：『小弟自從打死了鎮關西，逃走到代州雁門縣，趙員外送灑家上五臺山，投禮智真長老，落髮爲僧。不想醉後，兩番鬧了禪門，有亂清規。師父送俺來東京大相國寺，投托智清禪師，討個執事僧做。相國寺裏着灑家看守菜園。爲救林沖，被高太尉要害，因此落草。得遇哥哥，隨從多時，已經數載。思念本師，一向不曾參禮。灑家常想師父説，俺雖是殺人放火的性，久後却得正果真身。今日太平無事，兄弟權時告假數日，欲往五臺山參禮本師，就將平昔所得金帛之資，都做布施，再求問師父前程如何。哥哥軍馬，衹顧前行，小弟隨後便趕來也。』

宋江聽罷愕然，默上心來，便道：『你既有這個活佛羅漢在彼，何不早説，與俺等同去參禮，求問前程。』當時與衆人商議，盡皆要去。惟有公孫勝道教不行。宋江再與軍師計議，留下金大堅、皇甫端、蕭讓、樂和四個，委同副先鋒盧俊義，掌管軍馬，陸續先行。『俺們衹帶一千來人，隨從衆弟兄，跟着魯智深，同去參禮智真長老。』魯智深見宋江説要去參禪，便道：『願從哥哥同往。』宋江等衆，當時離了軍前，收拾名香彩帛，表裏金銀，上五臺山來。正是：暫弃金戈甲馬，來游方外叢林。雨花臺畔，來訪道德高僧；善法堂前，要見燃燈古佛。直教一語打開名利路，片言踢透死生關。

畢竟宋江與魯智深怎地參禪，且聽下回分解。

第九十回　五臺山宋江參禪　雙林鎮燕青遇故

話説五臺山這個智真長老，原來是故宋時一個當世的活佛，知得過去未來之事。數載之前，已知魯智深是個了身達命之人，衹是俗緣未盡，要還殺生之債，因此教他來塵世中走這一遭。本人宿根，還有道心，今日起這個念頭，要來參禪投禮本師。宋公明亦是素有善心，因此要同魯智深來參智真長老。

當下宋江與衆將，衹帶隨行人馬，同魯智深來到五臺山下，就將人馬屯扎下營，先使人上山報知。宋江等衆兄弟，都脱去戎裝慣帶，各穿隨身衣服，步行上山。轉到山門外，衹聽寺内撞鐘擊鼓，衆僧出來迎接，向前與宋江、魯智深等施了禮。數内有認得魯智深的多，又見齊齊整整這許多頭領跟着宋江，盡皆驚訝。堂頭首座來禀宋江道：『長老坐禪入定，不能相接，將軍切勿見罪。』遂請宋江等先去知客寮内少坐。供茶罷，侍者出來請道：『長老禪定方回，已在方丈專候。啓請將軍進來。』宋江等一行百餘人，直到方丈，來參智真長老。那長老慌忙降階而接，邀至上堂。各施禮罷，宋江看那和尚時，六旬之上，眉髮盡白，骨格清奇，儼然有天臺方廣出山之相。衆人進方丈之内，宋江便請智真長老上座，焚香禮拜。一行衆將，都已拜罷。魯智深向前插香禮拜。智真長老道：『徒弟一去數年，殺人放火不易。』魯智深默然無言。宋江向前道：『久聞長老清德，争奈俗緣淺薄，無路拜見尊顏。今因奉詔破遼到此，得以拜見堂頭大和尚，平生萬幸。智深兄弟，雖是殺人放火，忠心不害良善，今引宋江等衆兄弟來參大師。』智真長老道：『常有高僧到此，亦曾閑論世事。久聞將軍替天行道，忠義根心。吾弟子智深跟着將軍，豈有差錯！』宋江稱謝不已。

魯智深將出一包金銀彩緞來，供獻本師。智真長老道：『吾弟子，此物何處得來？無義錢財，決不敢受。』智深禀道：『弟子累經功賞積聚之物，弟子無用，特來將爲獻納本師，以充公用。』長老道：『衆亦難消。與汝置經一藏，消滅罪惡，早登善果。』魯智深拜謝已了，宋江亦取金銀彩緞，上獻智真長老，長老堅執不受。宋江禀説：

『我師不納，可令庫司辦齋，供獻本寺僧衆。』當日就五臺山寺中宿歇一宵，長老設素齋相待，不在話下。

且說次日庫司辦齋完備，五臺山寺中法堂上，鳴鐘擊鼓，智真長老會集衆僧于海堂上，講法參禪。須臾，合寺衆僧，都披袈裟坐具，到于法堂中坐下。宋江、魯智深，并衆頭領，立于兩邊。引磬響處，兩碗紅紗燈籠，引長老上升法座。智真長老到法座上，先拈信香祝贊道：『此一炷香，伏願皇上聖壽齊天，萬民樂業。』再拈信香一炷，『願今齋主，身心安樂，壽算延長。』再拈信香一炷，『願今國民安泰，歲稔年和，三教興隆，四方寧静。』祝贊已罷，就法座而坐。兩下衆僧，打罷問訊，復皆侍立。宋江向前拈香禮拜畢，合掌近前參禪道：『某有一語，敢問吾師：浮世光陰有限，苦海無邊，人身至微，生死最大。』智真長老便答偈曰：

六根束縛多年，四大牽纏已久，堪嗟石火光中，翻了幾個筋斗。咦！閻浮世界諸衆生，泥沙堆裏頻哮吼。

長老説偈已畢，宋江禮拜侍立。衆將都向前拈香禮拜，設誓道：『祇願弟兄同生同死，世世相逢！』焚香已罷，衆僧皆退，就請去雲堂内赴齋。

衆人齋罷，宋江與魯智深跟隨長老來到方丈内。至晚閑話間，宋江才問長老道：『弟子與魯智深本欲從師數日，指示愚迷，但以統領大軍，不敢久戀。我師語録，實不省悟。今者拜辭還京，某等衆弟兄此去前程如何，萬望吾師明彰點化。』智真長老命取紙筆，寫出四句偈語：

當風雁影翩，東闕不團圓。隻眼功勞足，雙林福壽全。

寫畢，遞與宋江道：『此是將軍一生之事，可以秘藏，久而必應。』宋江看了，不曉其意，又對長老道：『弟子愚蒙，不悟法語，乞吾師明白開解，以釋憂疑。』智真長老道：『此乃禪機隱語，汝宜自參，不可明説。』長老説罷，喚過智深近前道：『吾弟子此去，與汝前程永別，正果將臨也！與汝四句偈去，收取終身受用。』偈曰：

逢夏而擒，遇臘而執。聽潮而圓，見信而寂。

魯智深拜受偈語，讀了數遍，藏在身邊，拜謝本師。又歇了一宵。次日，宋江、魯智深并吴用等衆頭領辭別長老下山，衆人便出寺來。智真長老并衆僧都送出山門外作別。

不説長老衆僧回寺，且説宋江等衆將下到五臺山下，引起軍馬，星火趕來。衆將回到軍前，盧俊義、公孫勝等接着宋江衆將，都相見了。宋江便對盧俊義等説五臺山衆人參禪設誓一事，將出禪語，與盧俊義、公孫勝看了，皆不曉其意。蕭讓道：『禪機法語，等閑如何省得？』衆皆驚訝不已。宋江傳令，催趲軍馬起程，衆將得令，催起三軍人馬，望東京進發。凡經過地方，軍士秋毫無犯。百姓扶老携幼，來看王師。見宋江等衆將英雄，人人稱奬，個個欽服。宋江等在路行了數日，到一個去處，地名雙林鎮。當有鎮上居民，及近村幾個農夫，都走攏來觀看。宋江等衆兄弟，雁行般排着，一對對并轡而行。正行之間，衹見前隊裏一個頭領，滚鞍下馬，向左邊看的人叢裏，扯着一個人叫道：『兄長如何在這裏？』兩個叙了禮説着話。宋江的馬，漸漸近前，看時，却是浪子燕青，和一個人説話。燕青拱手道：『許兄，此位便是宋先鋒。』宋江勒住馬看那人時，生得：

目炯雙瞳，眉分八字。七尺長短身材，三牙掩口髭鬚。戴一頂包縐紗抹眉頭巾，穿一領皂沿邊褐布道服。系一條雜彩吕公縧，着一雙方頭青布履，必非碌碌庸人，定是山林逸士。

宋江見那人相貌古怪，豐神爽雅，忙下馬來，躬身施禮道：『敢問高士大名？』那人望宋江便拜道：『聞名久矣！今日得以拜見。』慌的宋江答拜不迭，連忙扶起道：『小可宋江，何勞如此。』那人道：『小子姓許，名貫忠，祖貫大名府人氏，今移居山野。昔日與燕將軍交契，不想一别有十數個年頭，不得相聚。後來小子在江湖上，聞得小乙哥在將軍麾下，小子欣慕不已。今聞將軍破遼凱還，小子特來此處瞻望，得見各位英雄，平生有幸。欲邀燕兄到敝廬略叙，不知將軍肯放否？』燕青亦禀道：『小弟與許兄久别，不意在此相遇。既蒙許兄雅意，小弟衹得去一遭，哥哥同衆將先行，小弟隨後趕來。』宋江猛省道：『兄弟燕青，常道先生英雄肝膽，衹恨宋某命薄，無緣得遇。今承垂愛，敢邀同往請教。』許貫忠辭謝道：『將軍慷慨忠義，許某久欲相侍左右，因老母年過七旬，不敢遠離。』宋江道：『如此時，却不敢相强。』又對燕青説道：『兄弟就回，免得我這裏放心不下。况且到京，倘早晚便要朝見。』燕青道：『小弟決不敢違哥哥將令。』又去禀知了盧俊義，兩下辭别。宋江上得馬來，前行的衆頭領，已去了一箭之地，見宋江和貫忠説話，都勒馬伺候。當下宋江策馬上前，同衆將進發。

話分兩頭。且説燕青唤一個親隨軍漢，拴縛了行囊，另備了一匹馬，却把自己的駿馬，讓與許貫忠乘坐。到前面酒店裏，脱下戎裝幞帶，穿了隨身便服。兩人各上了馬，軍漢背着包裹，跟隨在後，離了雙林鎮，望西北小路而行，過了些村舍林岡，前面却是山僻曲折的路。兩個説些舊日交情，胸中肝膽。出了山間小路，轉過一條大溪，約行了三十餘里，許貫忠用手指道：『兀那高峻的山中，方是小弟的敝廬在内。』又行了十數里，才到山中。那山峰巒秀拔，溪澗澄清。燕青正看山景，不覺天色已晚。但見：

落日帶烟生碧霧，斷霞映水散紅光。

原來這座山叫做大伾山，上古大禹聖人導河，曾到此處。書經上説道：『至于大伾。』這便是個證見。今屬大名府濬縣地方。話休絮絮。且説許貫忠引了燕青轉過幾個山嘴，來一個山凹裏，却有三四里方圓平曠的所在。樹木叢中，閃着兩三處草舍。中間有幾間向南傍溪的茅舍。門外竹籬圍繞，柴扉半掩，修竹蒼松，丹楓翠柏，森密前後。許貫忠指着説道：『這個便是蝸居。』燕青看那竹籬内，一個黄髮村童，穿一領布衲襖，向地上收拾些曬乾的松枝榾柮，堆積于茅檐之下。聽得馬蹄響，立起身往外看了，叫聲奇怪：『這裏那得有馬經過！』仔細看時，後面馬上，却是主人。慌忙跑出門外，叉手立着，呆呆地看。原來臨行備馬時，許貫忠説不用鑾鈴，以此至近方覺。二人下了馬，走進竹籬。軍人把馬拴了。二人入得草堂，分賓主坐下。茶罷，貫忠教隨來的軍人卸下鞍轡，把這兩馬牽到後面草房中，唤童子尋些草料喂養，仍教軍人前面耳房内歇息。燕青又去拜見了貫忠的老母。貫忠携着燕青，同到靠東向西的草廬內。推開後窗，却臨着一溪清水，兩人就倚着窗檻坐地。

貫忠道：『敝廬窄陋，兄長休要笑話！』燕青答道：『山明水秀，令小弟應接不暇，實是難得。』貫忠又問些征遼的事。多樣時，童子點上燈來，閉了窗格，掇張桌子，鋪下五六碟菜蔬，又搬出一盤鷄，一盤魚，及家中藏下的兩樣山果，旋了一壺熱酒。貫忠篩了一杯，遞與燕青道：『特地邀兄到此，村醪野菜，豈堪待客？』燕青稱謝道：『相擾却是不當。』數杯酒後，窗外月光如晝。燕青誇獎不已道：『昔日在大名府，與兄長最爲莫逆。自從兄長應武舉後，便不得相見。却尋這個好去處，何等幽雅！像劣弟恁地東征西逐，怎得一日清閑？』貫忠笑道：『宋公明及各位將軍，英雄蓋世，上應罡星，今又威服强虜。像許某蝸伏荒山，那裏有分毫及得兄等。俺又有幾分兒不合時宜處，每每見奸黨專權，蒙蔽朝廷，因此無志進取，游蕩江河，到幾個去處，俺也頗頗留心。』說罷大笑，洗盞更酌。燕青取白金二十兩，送與貫忠道：『些須薄禮，少盡鄙忱。』貫忠堅辭不受。燕青又勸貫忠道：『兄長恁般才略，同小弟到京師覷方便，討個出身。』貫忠嘆口氣說道：『今奸邪當道，妒賢嫉能，如鬼如蜮的，都是峨冠博帶；忠良正直的，盡被牢籠陷害。小弟的念頭久灰。兄長到功成名就之日，也宜尋個退步。自古道：「雕鳥盡，良弓藏。」』燕青點頭嗟嘆。兩個說至半夜，方才歇息。

次早，洗漱罷，又早擺上飯來，請燕青吃了，便邀燕青去山前山後游玩。燕青登高眺望，衹見重巒迭嶂，四面皆山，惟禽聲上下，却無人迹往來。山中居住的人家，顛倒數過，衹有二十餘家。燕青道：『這裏賽過桃源。』燕青貪看山景，當日天晚，又歇了一宵。

次日，燕青辭別貫忠道：『恐宋先鋒懸念，就此拜別。』貫忠相送出門。貫忠道：『兄長少待！』無移時，村童托一軸手卷兒出來，貫忠將來遞與燕青道：『這是小弟近來的幾筆拙畫。兄長到京師，細細的看，日後或者亦有用得着處。』燕青謝了，教軍人拴縛在行囊內。兩個不忍分手，又同行了一二里。燕青道：『「送君千里，終須一別」，不必遠勞，後圖再會。』兩個各悒怏分手。

燕青望許貫忠回去得遠了，方才上馬。便教軍人也上了馬，一齊上路。不則一日，來到東京，恰好宋先鋒屯駐軍馬于陳橋驛，聽候聖旨，燕青入營參見，不題。

且說先是宿太尉并趙樞密中軍人馬入城，已將宋江等功勞奏聞天子。報說宋先鋒等諸將兵馬，班師回軍，已到關外。趙樞密前來啓奏，說宋江等諸將邊庭勞苦之事。天子聞奏，大加稱贊，就傳聖旨，命黃門侍郎宣宋江等面君朝見，都教披挂入城。宋江等衆將，遵奉聖旨，本身披挂，戎裝革帶，頂盔挂甲，身穿錦襖，懸帶金銀牌面，從東華門而入，都至文德殿朝見天子，拜舞起居，山呼萬歲。皇上看了宋江等衆將英雄，盡是錦袍金帶，惟有吴用、公孫勝、魯智深、武松，身着本身服色。天子聖意大喜，乃曰：『寡人多知卿等征進勞苦，邊塞用心，中傷者多，寡人甚爲憂戚。』宋江再拜奏道：『托聖上洪福齊天，臣等衆將，雖有中傷，俱各無事。今逆虜投降，邊庭寧息，實陛下威德所致，臣等何勞之有？』再拜稱謝。天子特命省院官計議封爵。太師蔡京、樞密童貫商議奏道：『宋江等官爵，容臣等酌議奏聞。』天子准奏，仍敕光禄寺大設御宴，欽賞宋江錦袍一領，金甲一副，名馬一匹，盧俊義以下給賞金帛，盡于內府關支。宋江與衆將謝恩已罷，離了宮禁，都到西華門外，上馬回營安歇，聽候聖旨。不覺的過數日，那蔡京、童貫等那裏去議什麽封爵，衹顧延挨。

且說宋江正在營中閑坐，與軍師吴用議論些古今興亡得失的事，衹見戴宗、石秀各穿微服來禀道：『小弟輩在營中，兀坐無聊，今日和石秀兄弟，閑走一回，特來禀知兄長。』宋江道：『早些回營，候你們同飲幾杯。』戴宗和石秀離了陳橋驛，望北緩步行來。過了幾個街坊市井，忽見路旁一個大石碑，碑上有『造字臺』三字，上面又有幾行小字，因風雨剥落，不甚分明。戴宗仔細看了道：『却是蒼頡造字之處。』石秀笑道：『俺們用不着他。』兩個笑着，望着又行。到一個去處，偌大一塊空地，地上都是瓦礫。正北上有個石牌坊，橫着一片石板，上鎸『博浪城』三字。戴宗沉吟了一回，說道：『原來此處是漢留侯擊始皇的所在。』戴宗嘖嘖稱贊道：『好個留侯！』石秀道：『衹可惜這一椎不中！』兩個嗟嘆了一回，說着話，衹顧望北走去，離營却有二十餘里。

石秀道：『俺兩個鳥耍了這半日，尋那裏吃碗酒回營去。』戴宗道：兀那前面不是個酒店？』兩個進了酒店，揀個近窗明亮的座頭坐地。戴宗敲着桌子叫道：『將酒來！』酒保搬了五六碟菜蔬，擺在桌上，問道：『官人打多少酒？』石秀道：『先打兩角酒，下飯但是下得口的，衹顧賣來。』無移時，酒保旋了兩角酒，一盤牛肉，一盤羊肉，一盤嫩鷄。兩個正在那裏吃酒閑話，衹見一個漢子，托着雨傘杆棒，背個包裹，拽扎起皂衫，腰系着纏袋，腿綳護膝，八搭麻鞋，走得氣急喘促，進了店門，放下傘棒包裹，便向一個座頭坐下，叫道：『快將些酒肉來！』過賣旋了一角酒，擺下兩三碟菜蔬。那漢道：『不必文謅了，有肉快切一盤來，俺吃了，要趕路進城公幹。』拿起酒，大口價吃。戴宗把眼瞅着，肚裏尋思道：『這鳥是個公人，不知甚鳥事？』便向那漢拱手問道：『大哥，什麼事恁般要緊？』那漢一頭吃酒肉，一頭夾七夾八的說出幾句話來。有分教：宋公明再建奇功，汾沁地重歸大宋。

畢竟那漢說出什麼話來，且聽下回分解。

第九十一回　宋公明兵渡黃河　盧俊義賺城黑夜

話說戴宗、石秀見那漢子像個公人打扮，又見他慌慌張張。戴宗問道：『端的什麼公幹？』那漢子放下箸，抹抹嘴，對戴宗道：『河北田虎作亂，你也知道麼？』戴宗道：『俺們也知一二。』那漢道：『田虎那厮，侵州奪縣，官兵不能抵敵。近日打破蓋州，早晚便要攻打衛州。城中百姓，日夜驚恐，城外居民，四散的逃竄。因此本府差俺到省院投告急公文的。』說罷，便起身，背了包裹，托着傘棒，急急算還酒錢，出門嘆口氣道：『真是個官差不自由，俺們的老小，都在城中。皇天，衹願早早發救兵便好！』拽開步，望京城趕去了。

戴宗、石秀得了這個消息，也算還酒錢，離了酒店，回到營中，見宋先鋒報知此事。宋江與吳用商議道：『我等諸將，閑居在此，甚是不宜。不若奏聞天子，我等情願起兵前去征進。』吳用道：『此事須得宿太尉保奏方可。』當時會集諸將商議，盡皆歡喜。次日，宋江穿了公服，引十數騎入城，直至太尉府前下馬。正值太尉在府，令人傳報。太尉知道，忙教請進。宋江到堂上再拜起居。宿太尉道：『將軍何事光降？』宋江道：『上告恩相，宋某聽得河北田虎造反，占據州郡，擅改年號，侵至蓋州，早晚來打衛州。宋江等人馬久閑，某等情願部領兵馬，前去征剿，盡忠報國。望恩相保奏則個。』宿太尉聽了大喜道：『將軍等如此忠義，肯替國家出力，宿某當一力保奏。』宋江謝道：『宋某等屢蒙太尉厚恩，雖銘心鏤骨，不能補報。』宿太尉又令置酒相待。至晚，宋江回營，與衆頭領說知。

却說宿太尉次日早朝入内，見天子在披香殿。省院官正奏：『河北田虎造反，占據五府五十六縣，改年建號，自霸稱王。目今打破陵川，懷州震鄰，申文告急。』天子大驚，向百官文武問道：『卿等誰與寡人出力，剿滅此寇？』衹見班部叢中閃出宿太尉，執簡當胸，俯伏啓奏道：『臣聞田虎斬木揭竿之勢，今已燎原，非猛將雄兵，難以剿滅。今有破遼得勝宋先鋒，屯兵城外，乞陛下降敕，遣這枝軍馬前去征剿，必成大功。』天子大喜，即令省院官奉旨出城，宣取宋江、盧俊義，直到披香殿下，朝見天子。拜舞已畢，玉音道：『朕知卿等英雄忠義，今敕卿等征討河北，卿等勿辭勞苦。早奏凱歌而回，朕當優擢。』宋江、盧俊義叩頭奏道：『臣等蒙聖恩委任，敢不鞠躬盡瘁，死而後已！』天子龍顏欣悅，降敕封宋江爲平北正先鋒，盧俊義爲副先鋒。各賜御酒、金帶、錦袍、金甲、彩緞，其餘正偏將佐，各賜緞匹銀兩。待奏蕩平，論功升賞，加封官爵。三軍頭目，給賜銀兩，都就于內府關支。限定日期，出師起行。宋江、盧俊義再拜謝恩，領旨辭朝，上馬回營，升帳而坐，當時會集諸將，盡教收拾鞍馬衣甲，準備起身，征討田虎。

次日，于內府關到賞賜緞匹銀兩，分俵諸將，給散三軍頭目。宋江與吳用計議，着令水軍頭領，整頓戰船先進，自汴河入黃河，至原武縣界，等候大軍到來，接濟渡河。傳令與馬軍頭領，整頓馬匹，水陸并進，船騎同行，準備出師。

且說河北田虎這廝，是威勝州沁源縣一個獵戶，有膂力，熟武藝，專一交結惡少。本處萬山環列，易于哨聚。又值水旱頻仍，民窮財盡，人心思亂。田虎乘機糾集亡命，捏造妖言，煽惑愚民。初時擄掠些財物，後來侵州奪縣，官兵不敢當其鋒。說話的，田虎不過一個獵户，爲何就這般猖獗？看官聽着：却因那時文官要錢，武將怕死，各州縣雖有官兵防御，都是老弱虛冒。或一名吃兩三名的兵餉，或勢要人家閑着的伴當，出了十數兩頂首，也買一名充當，落得關支些糧餉使用。到得點名操練，却去雇人答應。上下相蒙，牢不可破。國家費盡金錢，竟無一毫實用。到那臨陣時節，却不知厮殺，橫的竪的，一見前面塵起炮響，衹恨爺娘少生兩隻脚。當時也有幾個軍官，引了些兵馬，前去追剿田虎，那裏敢上前，衹是尾其後，東奔西逐，虛張聲勢，甚至殺良冒功。百姓愈加怨恨，反去從賊，以避官兵。所以被他占去了五州五十六縣。那五州：一是威勝，即今時沁州；二是汾州即今時汾州；三是昭德，即今時潞安；四是晉寧，即今時平陽；五是蓋州，即今時澤州。那五十六縣都是這五州管下的屬

縣。田虎就汾陽起造宮殿，僞設文武官僚，內相外將，獨霸一方，稱爲晉王。兵精將猛，山川險峻。目今分兵兩路，前來侵犯。

再說宋江選日出師，相辭了省院諸官，當有宿太尉親來送行，趙安撫遵旨，至營前賞勞三軍。宋江、盧俊義謝了宿太尉、趙樞密，兵分三隊而進，令五虎八驃騎爲前部。

五虎將五員：

大刀關勝　豹子頭林沖　霹靂火秦明　雙鞭將呼延灼

雙槍將董平

八驃騎八員：

小李廣花榮　金槍手徐寧　青面獸楊志　急先鋒索超

沒羽箭張清　美髯公朱仝　九紋龍史進　沒遮攔穆弘

令十六彪將爲後隊。

小彪將十六員：

鎮三山黃信　病尉遲孫立　醜郡馬宣贊　井木犴郝思文

百勝將韓滔　天目將彭玘　聖水將軍單廷珪　神火將魏定國

摩雲金翅歐鵬　火眼狻猊鄧飛　錦毛虎燕順　鐵笛仙馬麟

跳澗虎陳達　白花蛇楊春　錦豹子楊林　小霸王周通

宋江、盧俊義、吳用、公孫勝，及其餘將佐，馬步頭領，統領中軍。當日三聲號炮，金鼓樂器齊鳴，離了陳橋驛，望東北進發。

宋江號令嚴明，行伍整肅，所過地方，秋毫無犯，是不必說。兵至原武縣界，縣官出郊迎接，前部哨報水軍頭領船隻，已在河濱等候渡河。宋江傳令李俊等領水兵六百，分爲兩哨，分哨左右。再拘聚些當地船隻，裝載馬匹車仗。宋江等大兵次第渡過黃河北岸，便令李俊等統領戰船，前至衛州衛河齊取。

宋江兵馬前部，行至衛州屯扎。當有衛州官員，置筵設席，等接宋先鋒到來，請進城中管待，訴說：『田虎賊兵浩大，不可輕敵。澤州是田虎手下僞樞密鈕文忠鎮守，差部下張翔、王吉，領兵一萬，來攻本州所屬輝縣；沈安、秦升，領兵一萬，來攻懷州屬縣武涉。求先鋒速行解救則個！』宋江聽罷，回營與吳用商議，發兵前去救應。吳用道：『陵川乃蓋州之要地，不若竟領兵去打陵川，則兩縣之圍自解。』當下盧俊義道：『小弟不才，願領兵去取陵川。』宋江大喜，撥盧俊義馬軍一萬，步兵五百。馬軍頭領乃是花榮、秦明、董平、索超、黃信、孫立、楊志、史進、朱仝、穆弘。步軍頭領乃是李逵、鮑旭、項充、李衮、魯智深、武松、劉唐、楊雄、石秀。

次日，盧俊義領兵去了。宋江在帳中，再與吳用計議進兵良策。吳用道：『賊兵久驕，盧先鋒此去，必然成功。祇有一件，三晉山川險峻，須得兩個頭領做細作，先去打探山川形勢，方可進兵。』道猶未了，祇見帳前走過燕青稟道：『軍師不消費心，山川形勢，已有在此。』當下燕青取出一軸手卷，展放桌上。宋江與吳用從頭仔細觀看，却是三晉山川城池關隘之圖。凡何處可以屯扎，何處可以埋伏，何處可以厮殺，細細的都寫在上面，吳用驚問道：『此圖何處得來？』燕青對宋江道：『前日破遼班師，回至雙林鎮，所遇那個姓許雙名貫忠的，他邀小弟到家，臨別時，將此圖相贈。他說是幾筆醜畫，弟回到營中閑坐，偶取來展看，才知是三晉之圖。』宋江道：『你前日回來，正值收拾朝見，忙忙地不曾問得備細。我看此人，也是個好漢，你平日也常對我說他的好處，他如今何所作爲？』燕青道：『貫忠博學多才，也好武藝，有肝膽，其餘小伎，琴弈丹青，件件都省的。因他不願出仕，山居幽僻。』及相叙的言語，備細說了一遍。吳用道：『誠天下有心人也。』宋江、吳用嗟嘆稱贊不已。

且說盧俊義領了兵馬，先令黃信、孫立，領三千兵去陵川城東五里外埋伏，史進、楊志領三千軍去陵川城西五里外埋伏。『今夜五鼓，銜枚摘鈴，悄地各去。明日我等進兵，敵人若無準備，我兵已得城池，祇看南門旗號，衆頭領領了軍馬，徐徐進城。倘敵人有準備，放炮爲號，兩路一齊殺出接應。』四將領計去了。盧俊義次早五更造飯，平明，軍馬直逼陵川城下，兵分三隊，一帶兒擺開，摇旗擂鼓搦戰。

守城軍慌的飛去報知守將董澄及偏將沈驥、耿恭。那董澄是鈕文忠先鋒，身長九尺，膂力過人，使一口三十斤重潑風刀。當下聽的報宋朝調遣梁山泊兵馬，已到城下扎住，要來打城。董澄急升帳，整點軍馬，出城迎敵。耿恭諫道：『某聞宋江這伙英雄，不可輕敵，祇宜堅守。差人去蓋州求取救兵到來，内外夾攻，方能取勝。』董澄大怒道：『叵耐那廝小覷俺這裏，怎敢就來攻城！彼遠來必疲，待俺出去，教他片甲不回！』耿恭苦諫不聽。董澄道：『既如此，留下一千軍馬與你城中守護。你去城樓坐着。看俺殺那廝。』急披挂提刀，同沈驥領兵出城迎敵。

城門開處，放下吊橋，二三千兵馬，擁過吊橋。宋軍陣裏，用强弓硬弩，射住陣脚。祇聽得鼙鼓冬冬，陵川陣中捧出一員將來。怎生打扮：

戴一頂點金束髮渾鐵盔，頂上撒斗來大小紅纓。披一副擺連環鎖子鐵甲，穿一領綉雲霞團花戰袍，着一雙斜皮嵌綫雲跟靴，系一條紅鞓釘就迭勝帶。一張弓、一壺箭。騎一匹銀色卷毛馬，手使一口潑風刀。

董澄立馬橫刀，大叫道：『水泊草寇，到此送死！』朱仝縱馬喝道：『天兵到此，早早下馬受縛，免污刀斧！』兩軍吶喊。朱仝、董澄搶到垓心，兩馬相交，兩器并舉。二將鬥不過十餘合，朱仝撥馬望東便走，董澄趕來。東隊裏花榮挺槍接住厮殺，鬥到三十餘合，不分勝敗。吊橋邊沈驥見董澄不能取勝，掄起出白點鋼槍，拍馬向前助戰。花榮見兩個夾攻，撥馬望東便走。董澄、沈驥緊緊趕來，花榮回馬再戰。

耿恭在城頭上，看見董澄、沈驥趕去，恐怕有失，正欲鳴鑼收兵，宋軍隊裏，忽衝出一彪軍來，李逵、魯智深、鮑旭、項充等十數個頭領，飛也似搶過吊橋來，北兵怎當得這樣凶猛，不能攔當。耿恭急叫閉門，説時遲，那時快，魯智深、李逵早已搶入城來。守門軍一齊向前，被智深大叫一聲，一禪杖打翻了兩個。李逵掄斧，劈倒五個。鮑旭等一擁而入，奪了城門，殺散軍士。耿恭見頭勢不好，急滾下來，望北要走，被步軍趕上活捉了。

董澄、沈驥正鬥花榮，聽的吊橋邊喊起，急回馬趕去。花榮不去追趕，就了事環帶住鋼槍，拈弓取箭，覷定董澄，望董澄後心，颼的一箭，董澄兩脚蹬空，撲通的倒撞下馬來。盧俊義等招動軍馬，掩殺過來。沈驥被董平一槍戳死，陵川兵馬，殺死大半，其餘的四散逃竄去了。衆將領兵，一齊進城，黑旋風李逵兀是火剌剌的祇顧砍殺，盧俊義連叫：『兄弟，不要殺害百姓。』李逵方肯住手。

盧俊義教軍士快于南門竪立認軍旗號，好教兩路伏兵知道，再分撥軍士各門把守。少頃，黄信、孫立、史進、楊志，兩路伏兵，一齊都到。花榮獻董澄首級，董平獻沈驥首級，鮑旭等捉得耿恭，并部下幾個頭目解來。盧先鋒都教解了綁縛，扶耿恭于客位，分賓主而坐。耿恭拜謝道：『被擒之將，反蒙厚禮相待。』俊義扶起道：『將軍不出城迎敵，良有深意，豈董澄輩可比。宋先鋒招賢納士，將軍若肯歸順天朝，宋先鋒必行保奏重用。』耿恭叩領謝道：『既蒙不殺之恩，願爲麾下小卒。』盧俊義大喜，再用好言撫慰了這幾個頭目，一面出榜安民，一面備辦酒食，犒勞軍士，置酒管待耿恭及衆將。

盧俊義問耿恭蓋州城中兵將多寡。耿恭道：『蓋州有鈕樞密重兵鎮守，陽城、沈水，俱在蓋州之西；惟高平縣去此祇六十里遠近，城池傍着韓王山，守將張禮、趙能，部下有二萬軍馬。』盧先鋒聽罷，舉杯向耿恭道：『將軍滿飲此杯，祇今夜盧某便要將軍去幹一件功勞，萬勿推却。』耿恭道：『蒙先鋒如此厚恩，耿恭敢不盡心！』俊義喜道：『將軍既肯去，盧某撥幾個兄弟，并將軍部下頭目，依着盧某如此如此，即刻就煩起身。』又喚過那新降的六七個頭目，各賞酒食銀兩，功成另行重賞。當下酒罷，盧俊義傳令李逵、鮑旭等七個步兵頭領，并一百名步兵，穿換了陵川軍卒的衣甲旗號；又令史進、楊志，領五百軍馬，銜枚摘鈴，遠遠地隨在耿恭兵後；却令花榮等衆將，在城鎮守，自己領三千兵，隨後接應。

分撥已定，耿恭等領計出城，日色已晚，行至高平城南門外，已是黄昏時候。星光之下，望城上旗幟森密，聽城中更鼓嚴明。耿恭到城下高叫道：『我是陵川守將耿恭，祇爲董、沈二將，不肯聽我説話，開門輕敵，以此失陷。我急領了這百餘人，開北門從小路潛走至此，快放我進城則個！』守城軍士把火照認了，急去報知張禮、趙能。那張禮、趙能親上城樓，軍士打着數把火炬，前後照耀。

張禮向下對耿恭道：『雖是自家人馬，也要看個明白。』望下仔細辨認，真個是陵川耿恭，領着百餘軍卒，號衣旗幟，無半點差錯。城上軍人多有認得頭目的，便指道：『這個是孫如虎。』又道：『這個是李擒龍。』張禮笑道：『放他進來！』祇見城門開處，放下吊橋，又令三四十個軍士，把住吊橋兩邊，方才放耿恭進城。後面這那軍人，一擁搶進道：『快進去！快進去！後面追趕來了。』也不顧什麽耿將軍。把門軍士喝道：『這是什麽去處？這般亂竄！』正在那裏爭讓，祇見韓王山嘴邊火起，飛出一彪軍馬來，二將當先，大喊：『賊將休走！』那耿恭的軍卒內，已渾着李逵、鮑旭、項充、李袞、劉唐、楊雄、石秀這七個大蟲在內。當時各掣出兵器，發聲喊，百餘人一齊發作，搶進城來。城中措手不及，那裏關得城門迭。城門內外軍士，早被他們砍翻數十個，奪了城門。

張禮叫苦不迭，急挺槍下城，來尋耿恭，正撞着石秀。鬥了三五合，張禮無心戀戰，拖槍便走，被李逵趕上，榾察的一斧，剁爲兩段。再説韓王山嘴邊那彪軍，飛到城邊，一擁而入，正是史進、楊志，分投趕殺北兵。趙能被亂兵所殺。高平軍士，殺死大半。把張禮老小，盡行誅戮。城中百姓，在睡夢裏驚醒，號哭振天。須臾，盧先鋒領兵也到了，下令守把各門，教十數個軍士，分頭高叫，不得殺害百姓。天明，出榜安民，賞賜軍士，差人飛報宋先鋒知道。

爲何盧俊義攻破兩座城池，恁般容易？恁般神速？却因田虎部下縱橫，久無敵手，輕視官軍，却不知宋江等衆將如此英雄。盧俊義得了這個竅，出其不意，連破二城，所以吴用説：『盧先鋒此去一定成功。』

話休絮煩。且説宋江軍馬屯扎衛州城外。宋先鋒正在帳中議事，忽報盧先鋒差人飛報捷音，并乞宋先鋒再議進兵之策。宋江大喜，對吴用道：『盧先鋒一日連克二城，賊已喪膽。』正説間，又有兩路哨軍報道：『輝縣、武涉兩處圍城兵馬，聞陵川失守，都解圍去了。』宋江對吴用道：『軍師神算，古今罕有！』欲拔寨西行，與盧先鋒合兵一處，計議進兵。吴用道：『衛州左孟門，右太行，南濱大河，西壓上黨，地當衝要。倘賊人知大兵西去，從昭德提兵南下，我兵東西不能相顧，將如之何？』宋江道：『軍師之言最當！』便令關勝、呼延灼、公孫勝，領五千軍馬，鎮守衛州，再令水軍頭領李俊、二張、三阮、二童，統領水軍船隻，泊聚衛河，與城內相爲犄角。分撥已定，諸將領命去了。

宋江衆將，統領大兵，即日拔寨起行。于路無話。

來到高平，盧俊義等出城迎接，宋江道：『兄弟們連克二城，功勞不少，功績簿上，都一一紀録。』盧俊義領新降將耿恭參見。宋江道：『將軍弃邪歸正，與宋某等同替國家出力，朝廷自當重用。』耿恭拜謝侍立。宋江以人馬衆多，不便入城，就于城外扎寨。即日與吴用、盧俊義商議，如今當去打那個州郡。吴用道：『蓋州山高澗深，道路險阻，今已克了兩個屬縣，其勢已孤。當先取蓋州，以分敵勢，然後分兵兩路夾剿，威勝可破也。』宋江道：『先生之言，正合我意。』傳令柴進同李應去守陵川，替回花榮等六將前來聽用，史進同穆弘守高平。柴進等四人遵令去了。當下有没羽箭張清禀道：『小將兩日感冒風寒，欲于高平暫住，調攝痊可，赴營聽用。』宋江便教神醫安道全，同張清往高平療治。

次日，花榮等已到。宋江令花榮、秦明、索超、孫立，領兵五千爲先鋒；董平、楊志、朱仝、史進、穆弘、韓滔、彭玘，領兵一萬爲左翼；黃信、林沖、宣贊、郝思文、歐鵬、鄧飛，領兵一萬爲右翼；徐寧、燕順、馬麟、陳達、楊春、楊林、周通、李忠爲後隊；宋江、盧俊義等其餘將佐，統領大兵爲中軍。這五路雄兵，殺奔蓋州來，却似龍離大海，虎出深林。正是：人人要建封侯績，個個思成蕩寇功。

畢竟宋江兵馬如何攻打蓋州，且聽下回分解。

第九十二回　振軍威小李廣神箭　打蓋郡智多星密籌

話說宋江統領軍兵人馬，分五隊進發，來打蓋州。蓋州哨探軍人，探聽的實，飛報入城來。城中守將鈕文忠，原是綠林中出身，江湖上打劫的金銀財物，盡行資助田虎，同謀造反，占據宋朝州郡，因此官封樞密之職。慣使一把三尖兩刃刀，武藝出衆。部下管領着猛將四員，名號四威將，協同鎮守蓋州。那四員：

猊威將方瓊　貔威將安士榮　彪威將褚亨　熊威將于玉麟

這四威將手下，各有偏將四員，共偏將一十六員。乃是：

楊端　郭信　蘇吉　張翔　方順　沈安　盧元　王吉
石敬　秦升　莫真　盛本　赫仁　曹洪　石遜　桑英

鈕文忠同正偏將佐，統領着三萬北兵，據守蓋州，近聞陵川、高平失守，一面準備迎敵官軍，一面申文去威勝、晋寧兩處，告急求救。當下聞報，即遣正將方瓊，偏將楊端、郭信、蘇吉、張翔，領兵五千，出城迎敵。臨行鈕文忠道：「將軍在意，我隨後領兵接應。」方瓊道：「不消樞密分付，那兩處城池，非緣力不能敵，都中了他詭計。方某今日不殺他幾個，誓不回城。」

當下各各披挂上馬，領兵出東門，殺奔前來。宋兵前隊迎着，擺開陣勢，戰鼓喧天。北陣裏門旗開處，方瓊出馬當先，四員偏將簇擁在左右。那方瓊頭戴卷雲冠，披挂龍鱗甲，身穿綠錦袍，腰系獅蠻帶，足穿抹綠靴。左挂弓，右懸箭。跨一匹黃鬃馬，拈一條渾鐵槍，高叫道：「水窪草寇，怎敢用詭計賺我城池！」宋陣中孫立喝道：「助逆反賊，今天兵到，尚不知死！」拍馬直搶方瓊。二將在征塵影裏，殺氣叢中，鬥過三十餘合，方瓊漸漸力怯。

北軍陣中，張翔見方瓊鬥不過孫立，他便拈起弓，搭上箭，把馬挨出陣前，向孫立颼的一箭。孫立早已看見，把馬頭一提，正射中馬眼，那馬直立起來。孫立跳在一邊，拈着槍，便來步鬥。那馬負痛，望北跑了十數步便倒。

張翔見射不倒孫立，飛馬提刀，又來助戰，却得秦明接住厮殺。孫立欲歸陣換馬，被方瓊一條槍，不離左右的絞住，不能脱身。那邊惱犯了神臂將花榮，罵道：『賊將怎敢放暗箭，教他認我一箭！』口裏説着，手裏的弓，已開得滿滿地，覷定方瓊較親，颼的一箭，正中方瓊面門。翻身落馬。孫立趕上，一槍結果，急回本陣換馬去了。

張翔與秦明厮殺，秦明那條棍，不離張翔的頂門上下，張翔衹辨得架隔遮攔。又見方瓊落馬，心中懼怯，漸漸輸將下來。北陣裏郭信拍馬拈槍，來助張翔。秦明力敵二將，全無怯懼，三匹馬丁字兒擺開，在陣前厮殺。花榮再取第二枝箭，搭上弦，望張翔後心覷得親切，弓開滿月，箭發流星，颼的又一箭，喝聲道：『認箭！』正中張翔後心，射個透明，那枝箭直透前胸而出。頭盔倒挂，兩脚蹬空，撲通的撞下馬來。郭信見張翔中箭，賣個破綻，撥馬望本陣便走，秦明緊緊趕去。

此時孫立已換馬出陣，同花榮、索超招兵卷殺過來，北兵大亂。那邊楊端、郭信、蘇吉抵當不住，望後急退。猛聽的北兵後面，喊聲大振，却是鈕文忠恐方瓊有失，令安士榮、于玉麟各領五千軍馬，分兩路合殺攏來。這裏花榮等四將，急分兵抵敵，却被那楊端、郭信、蘇吉勒轉兵馬，回身殺來。當不得三面夾攻，花榮等四將奮力衝突，看看圍在垓心。又聽的東邊喊殺連天，北軍大亂，左是董平等七將，右是黄信等七將，兩翼兵馬，一齊衝殺過來，北兵大敗，殺死者甚多。安士榮、于玉麟等，領兵急擁進城，閉了城門。宋兵追至城下，城上擂木炮石，打將下來，宋兵方退。

須臾，宋先鋒等大兵都到，離城五里屯扎。宋江升帳，教蕭讓標寫花榮頭功。忽然起一陣怪風，飛土揚塵，從西過東，把旗幟都摇撼的歪邪。吴用道：『這陣風，今夜必主賊兵劫寨，可速準備。』宋江道：『這陣風，真個不比尋常！』便令歐鵬、鄧飛、燕順、馬麟，領三千兵于寨左埋伏。王英、陳達、楊春、李忠，領三千兵于寨右埋伏。魯智深、武松、李逵、鮑旭、項充、李衮，領兵五百，于寨中埋伏。炮響爲號，一齊殺出。分撥已了，宋江與吴用秉燭談兵。

且説鈕文忠見折了二將，計點軍士，折去二千餘名。正在帳中納悶，當有貌威將安士榮獻計道：『恩相放心！宋江這伙，連贏了幾陣，已是志驕氣滿，必無準備。今夜，安某領一支兵去劫寨，可獲全勝，以報今日之仇。』鈕樞密道：『將軍若去，我當親自領兵接應。却令于、褚二將軍，堅守城池。』安士榮大喜道：『若得恩相親征，必擒宋江。』計議已定，至二更時分，士榮同偏將沈安、盧元、王吉、石敬，統領五千軍馬，人披軟戰，馬摘鸞鈴，出的城來，銜枚疾走，直至宋兵寨前，發聲喊，一擁殺入寨來。衹見寨門大開，寨中燈燭輝煌，安士榮情知中計，急退不迭。宋寨中一聲炮響，左有燕順等四將，右有王英等四將，一齊奔殺攏來。寨内李逵等六將，領蠻牌步兵，滚殺出寨來。北軍大敗，四散逃命。沈安被武松一戒刀砍死，王吉被王英殺死。宋兵把安士榮、盧元、石敬人馬圍在垓心。看看危急，却得鈕文忠同偏將曹洪、石遜，領兵救應，混殺一場，各自收兵。

次日，鈕文忠計點軍士，折去千餘。又折了沈安、王吉二將。石遜身帶重傷，命在呼吸。正憂悶間，忽報威勝有使命擎賫令旨到來。鈕文忠連忙上馬，出北門迎接。使臣進城，宣讀令旨，説近來司天監夜觀天象，有罡星入犯晋地分野，務宜堅守城池，不得有誤。鈕文忠訴説：『宋朝差宋江等兵馬前來厮殺，連破兩個城池。宋兵已到這裏，昨日厮殺，又折了正偏將佐五員。若得救兵早到，方保無虞。』使臣道：『在下離威勝時，尚未有這個消息。行至中路，始聽的傳説宋朝遣兵到俺這裏。』鈕文忠設宴管待，饋送禮物，一面準備擂木炮石，强弓硬弩，火箭火器，堅守城池，以待救兵，不在話下。

再説燕順、王英等衆將，殺散劫寨賊兵，得勝回寨。次日，宋江傳令，修治轒轀器械，準備攻城。令林沖、索超、宣贊、郝思文，領兵一萬，攻打東門。徐寧、秦明、韓滔、彭玘，領兵一萬，攻打南門。董平、楊志、單廷珪、魏定國，領兵一萬，攻打西門。却空着北門，恐有救兵到來，城内衝突，兩路受敵。却令史進、朱仝、穆弘、馬麟、領兵五千，于城東北高岡下埋伏。黃信、孫立、歐鵬、鄧飛，領兵五千，于城西北密林裏埋伏。倘賊人調遣救兵至，兩路夾擊。令花榮、王英、張青、孫新、李立，領馬兵一千爲游騎，往來四門探聽。李逵、鮑旭、項充、李袞、劉唐、雷橫，領步兵三百，與花榮等互相策應。分撥已定，衆將遵令去了。宋江與盧俊義、吳用等正偏將佐，移扎營寨城東一里外。令李雲、湯隆督修雲梯飛樓，推赴各營駕用。

却説林沖等四將，在東城建豎雲梯飛樓，逼近城垣，令輕捷軍士上飛樓，攀援欲上，下面吶喊助威。怎禁得城内火箭如飛蝗般射出來，軍士躲避不迭。無移時那飛樓已被燒毀，吻喇喇傾折下來，軍士跌死了五六名，受傷十數名。西南二處攻打，亦被火箭火炮傷損軍士。爲是一連六七日攻打不下。

宋江見攻城不克，同盧俊義、吳用親到南門城下，催督攻城。祇見花榮等五將，領游騎從西哨探過東來。城樓上于玉麟同偏將楊端、郭信，監督軍士守御。楊端望見花榮漸近城樓，便道：『前日被他一連傷了二將，今日與他報仇則個！』急拈起弓，搭上箭，望着花榮前心，颼的一箭射來。花榮聽的弓弦響，把身望後一倒，那枝箭却好射到，順手祇一綽，綽了那枝箭，咬在口裏。起身把槍帶在了事環上，左手拈弓，右手就取那枝箭，搭上弦，覷定楊端較親，祇一箭，正中楊端咽喉，撲通的望後便倒。花榮大叫：『鼠輩怎敢放冷箭，教你一個個都死！』把右手去取箭，却待要再射時，祇聽的城樓上發聲喊，幾個軍士一齊都滾下樓去。于玉麟、郭信，嚇的面如土色，躲避不迭。花榮冷笑道：『今日認的神箭將軍了！』宋江、盧俊義喝采不已，吳用道：『兄長，我等却好同花榮將軍去看視城垣形勢。』花榮等擁護着宋江、盧俊義、吳用，繞城周匝看了一遍。

宋江、盧俊義、吳用回到寨中。吳用喚陵川降將耿恭，問蓋州城中路徑。耿恭道：『鈕文忠將舊州治做帥府，當城之中。城北有幾個廟宇，空處却都是草場。』吳用聽罷，對宋江計議，便喚時遷、石秀近前密語道：『如此依計，往花榮軍前，密傳將令，相機行事。』再喚凌振、解珍、解寶，領二百名軍士，携帶轟天子母大小號炮，如此前去。

教魯智深、武松，帶領金鼓手三百名，劉唐、楊雄、鬱保四、段景住，每人帶領二百名軍士，各備火把，往東南西北，依計而行。又令戴宗往東西南三營，密傳號令，衹看城中火起，迸力攻城。分撥已定，衆頭領遵令去了。

且説鈕文忠日夜指望救兵，毫無消耗，十分憂悶，添撥軍士，搬運木石，上城堅守。至夜黄昏時分，猛聽的北門外喊聲振天，鼓角齊鳴。鈕文忠馳往北門，上城眺望時，喊聲金鼓都息了，却不知何處兵馬。正疑慮間，城南喊聲又起，金鼓振天。鈕文忠令于玉麟堅守北門，自己急馳至南城看時，喊聲已息，金鼓也不鳴了。鈕文忠眺望多時，唯聽的宋軍南營裏，隱隱更鼓之聲，静悄悄地，火光兒也没半點。徐徐下城，欲到帥府前點視，猛聽的東門外連珠炮響，城西吶喊，擂鼓喧天價起。鈕文忠東奔西逐，直鬧到天明。宋兵又來攻城，至夜方退。是夜二鼓時分，又聽的鼓角喊聲。鈕文忠道：『這厮是疑兵之計，不要睬他，俺這裏衹堅守城池，看他怎地。』忽報東門火光燭天，火把不計其數，飛樓雲梯，逼近城來。鈕文忠聞報，馳往東城，同褚亨、石敬、秦升，督軍士用火箭炮石，正在打射，猛可的一聲火炮，響振山谷，把城樓也振動，城内軍民，十分驚恐。如是的蒿惱了兩夜，天明又來攻城，軍士時刻不得合眼，鈕文忠也時刻在城巡視。忽望見西北上旌旗蔽日遮天，望東南而來，宋兵中十數騎哨馬，飛也似投大寨去了。鈕文忠料是救兵，遣于玉麟準備出城接應。

却説西北上那支軍馬，乃是晉寧守將田虎的兄弟三大王田彪，接了蓋州求救文書，便遣部下猛將鳳翔、王遠，領兵二萬，前來救援。已過陽城，望蓋州進發，離城尚有十餘里，猛聽的一聲炮響，東西高岡下密林中，飛出兩彪軍來，却是史進、朱仝、穆弘、馬麟、黄信、孫立、歐鵬、鄧飛八員猛將，一萬雄兵，卷殺過來。晉寧兵雖是二萬，遠來勞困，怎當得這裏埋伏了十餘日，養成精鋭，兩路夾攻。晉寧軍大敗，弃下金鼓、旗槍、盔甲、馬匹無數，軍士殺死大半，鳳翔王遠脱逃性命，領了敗殘頭目士卒，仍回晉寧去了，不題。

再説鈕文忠見兩軍截住厮殺，急遣于玉麟，領兵開北門殺出接應，那北門却是無兵攻打。于玉麟領兵出城，才過吊橋，正遇着花榮游騎從西而來。北軍大叫：『神箭將軍來了！』慌的急退不迭，一擁亂搶進城去。于玉麟已是在南城嚇破了膽，那裏來交戰，也跑進城去。花榮等衝過來，殺死二十餘人，不去趕殺，讓他進城。城中急急閉門。

那時石秀、時遷穿了北軍號衣，已混入城。時遷、石秀進得城門，趁鬧哄裏溜進小巷。轉過那條巷，却有一個神祠，牌額上寫道：『當境土地神祠。』時遷、石秀踅進祠來，見一個道人在東壁下向火。那道人看見兩個軍士進祠來，便道：『長官，外面消息如何？』軍人道：『適才俺們被于將軍點去厮殺，却撞着了那神箭將軍，于將軍也不敢與他交鋒。俺們亂搶進城，却被俺趁鬧閃到這裏。』便向身邊取出兩塊散碎銀，遞與道人説：『你有藏下的酒，胡亂把兩碗我們吃，其實寒冷。』那人笑將起來道：『長官，你不知這幾日軍情緊急，神道的香火也一些没有，那討半滴酒來？』便把銀遞還時遷。石秀推住他的手道：『這點兒你且收着，却再理會。我們連日守城辛苦，時刻不得合眼，今夜權在這裏睡了，明早便去。』那道人摇着手道：『二位長官莫怪！鈕將軍軍令嚴緊，少頃便來查看。我若留二位在此，都不能個乾净。』時遷道：『恁般説，且再處。』石秀便挨在道人身邊，也去向火。時遷張望前後無人，對石秀丢個眼色，石秀暗地取出佩刀。那道人衹顧向火，被石秀從背後了槅察的一刀，割下頭來，便把祠門拴了。

此時已是酉牌時分，時遷轉過神厨，後壁却有門户。户外小小一個天井，屋檐下堆積兩堆兒亂草。時遷、石秀搬將出來，遮蓋了道人尸首，開了祠門，從後面天井中爬上屋去。兩個伏在脊下，仰看天邊明朗朗地現出數十個星來。時遷、石秀捱了一回，再溜下屋來，到祠外探看，并無一個人來往。兩個再踅幾步，左右張望，鄰近雖有幾家居民，都静悄悄地閉着門，隱隱有哭泣之聲。時遷再踅向南去，轉過一帶土墻，却是偌大一塊空地，上面有數十堆柴草。時遷暗想道：『這是草料場，如何無軍人看守？』原來城中將士，衹顧城上御敵，却無暇至此處點視。那看守軍人，聽得宋軍殺散救兵，料城中已不濟事，各顧性命，預先藏匿去了。時遷、石秀復身到神祠裏，取了火種，把道人戶首上亂草點着，却溜到草場內，兩個分投去，一連焠上六七處。

少頃，草場內烘烘火起，烈焰衝天，那神祠內也燒將起來。草場西側，一個居民，聽的火起，打着火把出來探聽。時遷搶過來，劈手奪了火把。石秀道：『待我們去報鈕元帥。』居民見兩個是軍士，那敢與他別拗。時遷執着火把，同石秀一徑望南跑去，口裏嚷着報元帥，見居民房屋下得手的所在，又焠上兩把火，却丟下火把，趄過一邊。兩個脫下北軍號衣，躲在僻靜處。

城中見四五路火起，一時鼎沸起來。鈕文忠見草場火起，急領軍士馳往救火。城外見城內火起，知是時遷、石秀內應，并力攻打。宋江同吳用帶領解珍、解寶馳至城南，吳用道：『我前日見那邊城垣稍低。』便令秦明等把飛樓逼近城垣。吳用對解珍、解寶道：『賊人喪膽，軍士已罷，兄弟努力上城！』解珍帶樸刀上飛樓，攀女墻，一躍而上，隨後解寶也奮躍上去。兩個發聲喊，搶下女墻，揮刀亂砍。城上軍士，本是困頓驚恐，又見解珍、解寶十分凶猛，都亂竄滾下城去。褚亨見二人上城，挺槍來鬥了十數合，被解寶一樸刀搠翻，解珍趕上，剁下頭來。此時宋兵從飛樓攀援上城，已有百十餘人。解珍、解寶當先，一齊搶殺下城，大叫道：『上前的剁做肉泥！』衆人殺死石敬、秦升，砍翻把門軍士，奪了城門，放下吊橋，徐寧等衆將領兵擁入。徐寧同韓滔領兵殺奔東門，安士榮抵敵不住，被徐寧戳死，奪門放林沖等衆將入城。秦明同彭玘領兵搶奪西門，放董平等入城。莫真、赫仁、曹洪，被亂兵所殺。殺的尸橫市井，血滿街衢。鈕文忠見城門已都被奪了，衹得上馬，弃了城池，同于玉麟領二百餘人，出北門便走。未及一里，黑暗裏突出黑旋風李逵、花和尚魯智深，一個猛將軍，一個莽和尚，攔住去路。正是：

天羅密布難移步，地網高張怎脫身。

畢竟鈕文忠、于玉麟性命如何，再聽下回分解。

第九十三回　李逵夢鬧天池　宋江兵分兩路

話說鈕文忠見蓋州已失，衹得奔走出城，與同于玉麟、郭信、盛本、桑英保護而行，正撞着李逵、魯智深，領步兵截住去路。李逵高叫道：『俺奉宋先鋒將令，等候你這伙敗撮鳥多時了！』掄雙斧殺來，手起斧落，早把郭信、桑英砍翻。鈕文忠嚇得魂不附體，措手不及，被魯智深一禪杖，連盔帶頭，打得粉碎，撞下馬去。二百餘人，殺個盡絕。衹被于玉麟、盛本望刺斜裏死命撞出去了。魯智深道：『留下那兩個驢頭罷！等他去報信。』仍割下三顆首級，奪得鞍馬盔甲，一徑進城獻納。

且說宋江大隊人馬，入蓋州城，便傳下將令，先教救滅火焰，不許傷害居民。衆將都來獻功。宋先鋒教軍士將首級號令各門。天明出榜，安撫百姓。將三軍人馬，盡數收入蓋州屯住，賞勞三軍諸將。功績簿上，標寫石秀、時遷、解珍、解寶功次。一面寫表申奏朝廷，得了蓋州，盡將府庫財帛金寶，解赴京師，寫書申呈宿太尉。此時臘月將終，宋江料理軍務，不覺過了三四日，忽報張清病愈，同安道全來參見聽用。宋江喜道：『甚好。明日是宣和五年的元旦，却得聚首。』

次日黎明，衆將穿公服幞頭，宋江率領衆兄弟望闕朝賀，行五拜三叩頭禮已畢，卸下幞頭公服，各穿紅錦戰袍，九十二個頭領，及新降將耿恭，齊齊整整，都來賀節，參拜宋江。宋先鋒大排筵席，慶賀宴賞，衆兄弟輪次與宋江稱觴獻壽。酒至數巡，宋江對衆將道：『賴衆兄弟之力，國家復了三個城池。又值元旦，相聚歡樂，實爲罕有。獨是公孫勝、呼延灼、關勝、水軍頭領李俊等八員，及守陵川柴進、李應，守高平史進、穆弘，這十五兄弟，不在面前，甚是悒快。』當下便喚軍中頭目，領二百餘名軍役，各各另外賞勞，教即日擔送羊酒，分頭去送到衛州、陵川、高平三處守城頭領交納，兼報捷音。分付兀是未了，忽報三處守城頭領，差人至此候賀，都奉先鋒將令，戎事在身，不能親來拜賀。宋江大喜道：『得此信息，就如見面一般。』賞勞來人，陪衆兄弟開懷暢飲，盡醉方休。

次日，宋先鋒準備出東郊迎春，因明日子時正四刻，又逢立春節候。是夜刮起東北風，濃雲密布，紛紛揚揚，降下一天大雪。明日衆頭領起來看時，但見：

紛紛柳絮，片片鵝毛。空中白鷺群飛，江上素鷗翻覆。飛來庭院，轉旋作態因風；映徹戈矛，燦爛增輝荷日。千山玉砌，能令樵子悵迷踪；萬户銀裝，多少幽人成佳句。正是盡道豐年好，豐年瑞若何？邊關多荷戟，宜瑞不宜多。

當下地文星蕭讓對衆頭領説道：「這雪有數般名色：一片的是蜂兒，二片的是鵝毛，三片的是攢三，四片的是聚四，五片唤做梅花，六片唤做六出。這雪本是陰氣凝結，所以六出，應着陰數。到立春以後，都是梅花雜片，更無六出了。今日雖已立春，尚在冬春之交，那雪片却是或五或六。」樂和聽了這幾句議論，便走向檐前，把皂衣袖兒承受那落下來的雪片看時，真個雪花六出，内一出尚未全去，還有些圭角，内中也有五出的了。樂和連聲叫道：「果然！果然！」衆人都擁上來看，却被李逵鼻中衝出一陣熱氣，把那雪花兒衝滅了。衆人都大笑，却驚動了宋先鋒，走出來問道：「衆兄弟笑什麽？」衆人説：「正看雪花，被黑旋風鼻氣衝滅了。」宋江也笑道：「我已分付置酒在宜春圃，與衆兄弟賞玩則個。」

原來這州治東，有個宜春圃，圃中有一座雨春亭，亭前頗有幾株檜柏松梅。當晚衆頭領在雨香亭語笑喧嘩，觥籌交錯，不覺日暮，點上燈燭。宋江酒酣，閑話中追論起昔日被難時，多虧了衆兄弟。「我本鄆城小吏，身犯大罪，蒙衆兄弟于千槍萬刀之中，九死一生之内，屢次捨着性命，救出我來。當江州與戴宗兄弟押赴市曹時，萬分是個鬼；到今日却得爲國家臣子，與國家出力。回思往日之事，真如夢中！」宋江説到此處，不覺潸然泪下。戴宗、花榮及同難的幾個弟兄，聽了這般話，也都掉下泪來。

李逵這時多飲了幾杯酒，酣醉上來，一頭與衆人説着話，眼皮兒却漸漸合攏來，便用雙臂襯着臉，已是睡去，

忽轉念道：『外面雪兀是未止。』心裏想着，身體未常動彈，却像走出亭子外的一般。看外面時，又是奇怪：『原來無雪，祇管在裏面兀坐！待我到那厢去走一回。』離了宜春圃，須臾出了州城，猛可想起：『阿也！忘帶了板斧！』把手向腰間摸時，原來插在這裏。向前不分南北，莽莽撞撞的，不知行了多少路，却見前面一座高山。無移時，行到山前，祇見山凹裏走出一個人來，頭帶折角頭巾，身穿淡黄道袍，迎上前來笑道：『將軍要閑步時，轉過此山，是有得意處。』李逵道：『大哥，這個山名叫做什麽？』那秀士道：『此山喚做天池嶺，將軍閑玩回來，仍到此處相會。』

李逵依着他，真個轉過那山，忽見路旁有一所莊院。祇聽的莊裏大鬧，李逵闖將進去，却是十數個人，都執棍棒器械，在那裏打桌擊凳，把家火什物，打的粉碎。內中一個大漢嚷道：『老牛子，快把女兒好好地送與我做渾家，萬事干休，若説半個不字，教你們都是個死！』李逵從外入來，聽了這幾句説話，心如火熾，口似烟生，喝道：『你這伙鳥漢，如何强要人家女兒？』那伙人嚷道：『我們是要他女兒，干你屁事！』李逵大怒，拔出板斧砍去。好生作怪，却是不禁砍，祇一斧，砍翻了兩三個。那幾個要走，李逵趕上，一連六七斧，砍的七顛八倒，尸横滿地，單祇走了一個，望外跑去了。李逵搶到裏面，祇見兩扇門兒緊緊地閉着，李逵一脚踢開，見裏面有個白髮老兒，和一個老婆子在那裏啼哭。見李逵搶入來，叫道：『不好了，打進來了！』李逵大叫道：『我是路見不平的。前面那伙鳥漢，被我都殺了，你隨我來看。』那老兒戰戰兢兢的跟出來看了，反扯住李逵道：『雖是除了凶人，須連累我吃官司。』李逵笑道：『你那老兒，也不曉得黑爺爺。我是梁山泊黑旋風李逵，現今同宋公明哥哥，奉詔征討田虎。他們現在城中吃酒，我不耐煩，出來閑走。莫説那幾個鳥漢，就是殺了幾千，也打什麽鳥不禁！』那老兒方才揩泪道：『恁般却是好也！請將軍到裏面坐地。』

李逵走進去，那邊已擺上一桌子酒饌。老兒扶李逵上面坐了，滿滿地篩一碗酒，雙手捧過來道：『蒙將軍救了女兒，滿飲此盞。』李逵接過來便吃，老頭兒又來勸。一連吃了四五碗，祇見先前啼哭的老婆子領了一個年少女子上前，叉手雙雙地道了個萬福。婆子便道：『將軍在宋先鋒部下，又恁般奢遮，如不弃醜陋，情願把小女配與將軍。』李逵聽了這句話，跳將起來道：『這樣腌臢歪貨！却才可是我要謀你的女兒，殺了這幾個撮鳥？快夾了鳥嘴，不要放那鳥屁！』祇一脚，把桌子踢翻，跑出門來。祇見那邊一個彪形大漢，仗着一條樸刀，大踏步趕上來，大喝一聲道：『兀那黑賊，不要走！却才這幾個兄弟，如何都把來殺了？我們是要他家女兒，干你甚事？』挺樸刀直搶上來。李逵大怒，掄斧來迎，與那漢鬥了二十餘合。那漢鬥不過，隔開板斧，拖着樸刀，飛也似跑去。

李逵緊緊追趕，趕過一個林子，猛見許多宫殿。那漢奔至殿前，撇了樸刀，在人叢一混，不見了那漢。祇聽得殿上喝道：『李逵不得無禮！着他來見朝。』李逵猛省道：『這是文德殿，前日隨宋哥哥在此見朝，這是皇帝的所在。』又聽得殿上説道：『李逵，快俯伏！』李逵藏了板斧，上前觀看，祇見皇帝遠遠的坐在殿上，許多官員排列殿前。李逵端端正正朝上拜了三拜，心中想道：『阿也！少了一拜！』天子問道：『適才你爲何殺了許多人？』李逵跪着説道：『這厮們强要占人女兒，臣一時氣忿，所以殺了。』天子道：『李逵路見不平，剿除奸黨，義勇可嘉，赦汝無罪，敕汝做了值殿將軍。』李逵心中喜歡道：『原來皇帝恁般明白！』一連磕了十數個頭，便起身立于殿下。

無移時，祇見蔡京、童貫、楊戩、高俅四個，一班兒跪下，俯伏奏道：『今有宋江，統領兵馬，征討田虎，逗留不進，終日飲酒，伏乞皇上治罪。』李逵聽了這句話，那把無明火，高舉三千丈，按納不住，掿兩斧搶上前，一斧一個，劈下頭來，大叫道：『皇帝，你不要聽那賊臣的説話。我宋哥哥連破了三個城池，現今屯兵蓋州，就要出兵，如何恁般欺誑？』衆文武見殺了四個大臣，都要來捉李逵。李逵兩斧叫道：『敢來捉我，把那四個做樣！』衆人因此不敢動手。

李逵大笑道：『快當！快當！那四個賊臣，今日才得了當，我去報與宋哥哥知道。』大踏步離了宫殿。猛可的

石勇　杜遷　宋萬　丁得孫　龔旺　陶宗旺　曹正　薛永　朱富　白勝

宋江分派已定，再與盧俊義商議道：『今從此處分兵，東西征勦，不知賢弟兵取何處？』盧俊義道：『主兵遣將，聽從哥哥嚴令，安敢揀擇？』宋江道：『雖然如此，試看天命。兩隊分定人數，寫成鬮子，各拈一片。』當下裴宣寫成東西兩處鬮子，宋江、盧俊義焚香禱告，宋江拈起一鬮。祇因宋江拈起這個鬮來，直教：三軍隊裏，再添幾個英雄猛將；五龍山前，顯出一段奇聞异術。

畢竟宋先鋒拈着那一處，且聽下回分解。

第九十四回　關勝義降三將　李逵莽陷衆人

話説宋江在蓋州分定兩隊兵馬人數，寫成鬮子，與盧俊義焚香禱告。宋江拈起一個鬮子看時，却是東路。盧俊義鬮得西路，是不必説，衹等雪净起程。留下花榮、董平、施恩、杜興，撥兵二萬，鎮守蓋州。到初六日吉期，宋江、盧俊義準備起兵。忽報蓋州屬縣陽城，沁水兩處軍民，累被田虎殘害，不得已投順。今知天兵到來，軍民擒縛陽城守將寇孚、沁水守將陳凱，解赴軍前。兩縣耆老，率領百姓，牽羊擔酒，獻納城池。宋先鋒大喜，大加賞勞兩處軍民，給榜撫慰，復爲良民。宋先鋒以寇孚、陳凱知天兵到此，不速來歸順，着即斬首祭旗，以儆賊人。

是日，兩路大兵，俱出北門，花榮等置酒餞送。宋江執杯對花榮道：『賢弟威振賊軍，堪爲此城之保障。今此城惟北面受敵，倘有賊兵，當設奇擊之，以喪賊膽，則賊人不敢南窺矣。』花榮等唯唯受命。宋江又執杯對盧俊義道：『今日出兵，却得陽城、沁水獻俘之喜。二處既平，賢弟可以長驅直抵晋寧，早建大功，生擒賊首田虎，報效朝廷，同享富貴。』盧俊義道：『賴兄長之威，兩處不戰而服。既奉嚴令，敢不盡心殫力！』宋江又取前日教蕭讓照依許貫忠圖畫，另寫成一軸，付與盧俊義收置備用。當下正先鋒宋江傳令撥兵三隊：林沖、索超、徐寧、張清，領兵一萬爲前隊。孫立、朱仝、燕順、馬麟、單廷珪、魏定國、湯隆、李雲，領兵一萬爲後隊。宋江與吴用統領其餘將佐，領兵三萬爲中軍。三隊共軍兵五萬，望東北進發，副先鋒盧俊義辭了宋江，花榮等，管領四十員將佐，軍兵五萬，望西北進征。花榮、董平、施恩、杜興餞别宋江、盧俊義入城。花榮傳令，于城北五里外，扎兩個營寨，施恩、杜興各領兵五千，設强弓威弩，并諸般火器，屯扎以當敵鋒。又于東西兩路，設奇兵埋伏，不題。其高平自有史進、穆弘，陵川自有李應、柴進，衛州自有公孫一清、關勝、呼延灼，各各守御。看官牢記話頭。

且説宋先鋒三隊人馬，離蓋州行三十餘里。宋江在馬上，遥見前面有座山嶺。多樣時，漸近山下，却在馬首之右。宋江觀看那山形勢，比他山又是不同。但見：

奪了壺關。仲良被亂兵所殺。關外史定，被徐寧搠翻。北兵四散逃竄，弃下盔甲馬匹無數，殺死二千餘人，生擒五百餘名，降者甚衆。

須臾，宋先鋒等大兵次第入關，唐斌下馬，拜見宋江道：「唐某犯罪，聞先鋒仁義，那時欲奔投大寨，祇因無個門路，不獲拜識尊顔。今天假其便，使唐某得隨鞭鐙，實滿平生之願。」説罷，又拜。宋江答禮不迭，慌忙扶起道：「將軍歸順朝廷，同宋某蕩平叛逆，宋某回朝，保奏天子，自當優叙。」次後孫立等衆將，與同文仲容、崔埜，領兩路兵馬，屯扎關外聽令。宋江傳令文、崔二將入關相見。孫立等統領兵馬，且屯扎關外。文仲容、崔埜進關參拜宋先鋒道：「文某、崔某有緣，得侍麾下，願效犬馬。」宋江大喜道：「將軍等同賺此關，功勛不小。宋某于功績簿上，一一標記明白。」即令設宴，與唐斌等三人慶賀。一面計點關内外軍士，新降兵二萬餘人，獲戰馬一千餘匹。衆將都來獻功。宋先鋒賞勞將佐軍兵已畢，宋江問唐斌，昭德關中兵將多寡。唐斌道：「城内原有三萬兵馬、山士奇選出一萬守關，今城中兵馬尚有二萬，正偏將佐共十員。」那十員乃是：

孫琪 葉聲 金鼎 黄鉞 冷寧 戴美 翁奎 楊春 牛庚 蔡澤

唐斌又道：「田虎恃壺關爲昭德屏障，壺關已破，田虎失一臂矣。唐某不才，願爲前部去打昭德。」當下陵川降將耿恭願同唐斌爲前部，宋江依允。少頃，宋江對文仲容、崔埜道：「兩位素居抱犢山，知彼情形，威風久著。宋某欲令二位管令本部人馬，仍往抱犢屯扎，以當一面。待宋某打破昭德，那時請將軍相會，不知二位意下如何？」文仲容、崔埜同聲答道：「先鋒之令，安敢不遵？」當下酒罷，文、崔辭別宋先鋒，往抱犢去了。

次日，宋先鋒升帳，令戴宗往晋寧盧先鋒處，探聽軍情，速來回報。戴宗遵令起程，不題。宋江與吳用計議，分撥軍馬，攻打昭德。唐斌、耿恭領兵一萬攻打東門。索超、張清領兵一萬，攻打南門。却空着西門，防威勝救兵至，恐内外衝突不便。又令李逵、鮑旭、項充、李衮，領步兵五百爲游兵，往來接應。令孫立、朱仝、燕順領兵進關，同樊瑞、馬麟管領兵馬，鎮守壺關。分撥已定，宋先鋒與吴學究統領其餘將佐，拔寨起行，離昭德城南十里下寨，不題。

話分兩頭。却説威勝僞省院官，接得壺關守將山士奇，及晋寧田彪告急申文，奏知田虎，説宋兵勢大，壺關、晋寧兩處危急。田虎升殿，與衆人計議，發兵救援。衹見班部中閃出一個人，首戴黄冠，身披鶴氅，上前奏道：『臣啓大王，臣願往壺關退敵。』那人姓喬，單名個冽字。其先原是陝西涇原人。其母懷孕，夢豺入室，後化爲鹿，夢覺，産冽。那喬冽八歲好使弄棒，偶游崆峒山，遇异人傳授幻術，能呼風唤雨，駕霧騰雲。也曾往九宫縣二仙山訪道，羅真人不肯接見，令道童傳命，對喬冽説：『你攻于外道，不悟玄微，待你遇德魔降，然後見我。』喬冽艴然而返，自恃有術，游浪不羈。因他多幻術，人都稱他做幻魔君。後來到安定州。本州亢陽，五個月雨無涓滴。州官出榜：『如有祈至雨澤者，給信賞錢三千貫。』喬冽揭榜上壇，甘霖大澍。州官見雨足，把這信賞錢不在意了。

也是喬冽合當有事，本處有個歪學究，姓何名才，與本州庫吏最密，當下探知此事，他便攛掇庫吏，把信賞錢大半孝順州官，其餘侵來入己。何才與庫吏借貸，也拈得些兒油水。庫吏却將三貫錢把與喬冽道：『你有恁般高術，要這錢也没用頭。我這裏正項錢糧，兀自起解不足，東挪西撮。你這項信賞錢，依着我，權且存置庫内，日後要用，却來陸續支取。』喬冽聽了，大怒道：『信賞錢原是本州富户協助的，你如何恣意侵克？庫藏糧餉，都是民脂民膏，你衹顧侵來肥己，買笑追歡，敗壞了國家許多大事。打死你這污濫腌臢，也與庫藏除一蠹！』提起拳頭，劈臉便打。那庫吏是酒色淘虚的人，更兼身體肥胖，未動手先是氣喘，那裏架隔得住，當下被喬冽拳頭脚踢，痛打一頓，狼狽而歸，卧床四五日，嗚呼哀哉，傷重而死。

庫吏妻孥即在本州投了狀詞。州官也七分猜着，是因爲信賞錢弄出這事來。押紙公文，差人勾捉凶身喬冽對問。喬冽探知此事，連夜逃回涇原，收拾同母離家，逃奔到威勝，更名改姓，扮做全真，把冽字改做清字，起個法號，叫做道清。未幾，田虎作亂，知道清有術，勾引入伙，揑造妖言，逞弄幻術，煽惑愚民，助田虎侵奪州縣。田虎每事靠道清做主，僞封他做護國靈感真人、軍師左丞相之職。那時方才出姓，因此都稱他做國師喬道清。

當下喬道清啓奏田虎，願部領軍馬，往壺關拒敵。田虎道：『國師恁般替寡人分憂！』説還未畢，又見殿帥孫安上殿啓奏：『臣願領軍馬去援晋寧。』田虎加封喬道清、孫安爲征南大元帥，各撥兵馬二萬前去。喬道清又奏道：『壺關危急，臣選輕騎，星馳往救。』田虎大喜，令樞密院分撥兵將，隨從喬道清、孫安進征。樞密院得令，選將撥兵，交付二人。喬道清、孫安即日整點軍馬起程。那個孫安與喬道清同鄉，他也是涇原人。生的身長九尺，腰大八圍，頗知韜略，膂力過人。學得一身出色的好武藝，慣使兩口鑌鐵劍。後來爲報父仇，殺死二人，因官府追捕緊急，弃家逃走。他素與喬道清交厚，聞知喬道清在田虎手下，遂到威勝，投訴喬道清。道清薦與田虎，拒敵有功，僞受殿帥之職，今日統領十員偏將，軍馬二萬，往救晋寧。那十員偏將是誰，乃是：

梅玉　秦英　金禎　陸清　畢勝　潘迅　楊芳　馮升　胡邁　陸芳

那十員偏將，都僞授統制之職。當下孫安辭别喬道清，統領軍馬，望晋寧進發，不題。

再説喬道清將二萬軍馬，着團練聶新、馮玘統領，隨後自己同四員偏將先行。那四員：

雷震　倪麟　費珍　薛燦

那四員偏將，都僞授總管之職，隨着喬道清，管領精兵二千，星夜望昭德進發。不則一日，來到昭德城北十裏外，前騎探馬來報：『昨日被宋兵打破壺關，目今分兵三路，攻打昭德城池。』喬道清聞報，大怒道：『這厮們恁般無禮！教他認俺的手段。』領兵飛奔前來。正遇唐斌、耿恭，領兵攻打北門。忽報西北上有二千餘騎到來，唐斌、耿恭列陣迎敵。喬道清兵馬已到，兩陣相對，旗鼓相望。南北尚離一箭之地。唐斌、耿恭看見北陣前四員將佐，簇擁着一個先生，立馬于紅羅寶蓋下。那先生怎生模樣，但見：

頭戴紫金嵌寶魚尾道冠，身穿皂沿邊烈火錦鶴氅，腰系雜色彩絲縧，足穿雲頭方赤舄。仗一口錕鋙鐵古劍，坐一匹雪花銀鬃馬。八字眉碧眼落腮胡，四方口聲與鐘相似。

那先生馬前皂旗上，金寫兩行十七個大字，乃是：『護國靈感真人軍師左丞相征南大元帥喬。』耿恭看罷，驚駭道：『這個人利害！』兩軍未及交鋒，恰遇李逵等五百游兵突至，李逵便欲上前。耿恭道：『此人是晋王手下第一個了得的，會行妖術，最是利害。』李逵道：『俺搶上去砍了那撮鳥，却使什麽鳥術？』唐斌也説：『將軍不可輕敵。』李逵那裏肯聽，揮板斧衝殺上去，鮑旭、項充、李衮恐李逵有失，領五百團牌標槍手，一齊滚殺過去。那先生呵呵大笑，喝道：『這厮不得狂逞！』不慌不忙，把那口寶劍，望空一指，口中念念有詞，喝聲道：『疾！』好好地白日青天，霎時黑霧漫漫，狂風颯颯，飛土揚塵。更有一團黑氣，把李逵等五百餘人罩住，却似攝入黑漆皮袋内一般，眼前并無一隙亮光，一毫也動彈不得，耳畔但聽的風雨之聲，却不知身在何處。任你英雄好漢，不能插翅飛騰。你便：火首金剛，怎逃地網天羅；八臂那吒，難脱龍潭虎窟。

畢竟李逵等衆人危困，生死如何，且聽下回分解。

第九十五回　宋公明忠感后土　喬道清術敗宋兵

話説黑旋風李逵，不聽唐斌、耿恭説話，領衆將殺過陣去，被喬道清使妖術困住，五百餘人，都被生擒活捉，不曾走脱半個。耿恭見頭勢不好，撥馬望東，連打兩鞭，預先走了。唐斌見李逵等被陷，軍兵慌亂，又見耿恭先走，心下尋思道：『喬道清法術利害，倘走不脱時，落得被人耻笑。我聞軍士不怯死而滅名，到此地位，怎顧得性命！』唐斌捨命，拈矛縱馬，衝殺過來。喬道清見他來得凶猛，連忙捏訣念咒，喝聲道：『疾！』就本陣内卷起一陣黄沙，望唐斌撲面飛來。唐斌被沙迷眼目，舉手無措，早被軍士趕上，把左腿刺了一槍，顛下馬來，也被活捉去了。原來北軍有例，凡解生擒將佐到來，賞賜倍加，所以衆將不曾被害。那時唐斌部下一萬人馬，都被黄沙迷漫，殺得人亡馬倒，星落雲散，軍士折其大半。

且説林沖、徐寧在東門，聽的城南喊殺連天，急領兵來接應。那城中守將孫琪等見是喬道清旗號，連忙開門接應，李逵等已被捉入城中去了。衹見那耿恭同幾個殘敗軍卒，跑的氣喘急促，鞍歪轡側，頭盔也倒在一邊，見了林沖、徐寧，方才把馬勒住。林沖、徐寧忙問何處軍馬，耿恭七顛八倒的説了兩句，林沖、徐寧急同耿恭投大寨來，恰遇王英、扈三娘領三百騎哨到，得了這個消息，一同來報知宋先鋒。耿恭把李逵等被喬道清擒捉的事，備細説了。宋江聞報大驚，哭道：『李逵等性命休矣！』吴用勸道：『兄長且休煩悶，快理正事。賊人既有妖術，當速往壺關取樊瑞抵敵。』宋江道：『一面去取樊瑞，一面進兵，問那賊道討李逵等衆人。』吴用苦諫不聽。當下宋先鋒令吴用統領衆將守寨，宋江親自統領林沖、徐寧、魯智深、武松、劉唐、湯隆、李雲、鬱保四八員將佐，軍馬二萬，即刻望昭德城南殺去。索超、張清接着，合兵一處，摇旗擂鼓，吶喊篩鑼，殺奔城下來。

却説喬道清進城，升帥府，孫琪等十將參見畢，孫琪等正欲設宴款待，探馬忽報宋兵又到。喬道清怒道：『這厮無禮！』對孫琪道：『待我捉了宋江便來。』即上馬統領四員偏將，三千軍馬，出城迎敵。宋兵正在列陣搦戰，

衹見城門開處，放下吊橋，門內擁出一彪軍來，當先一騎，上面坐着一個先生，正是幻魔君喬道清，仗着寶劍，領軍過吊橋。兩軍相迎，旗鼓相望，各把強弓硬弩，射住陣脚，兩陣中吹動畫角，戰鼓齊鳴。

宋陣裏門旗開處，宋先鋒出馬，鬱保四捧着帥字旗，立于馬前，左有林沖、徐寧、魯智深、劉唐，右有索超、張清、武松、湯隆，八員將佐擁護。宋先鋒怒氣填胸，指着喬道清罵道：『助逆賊道，快放還我幾個兄弟及五百餘人！略有遲延，拿住你碎尸萬段！』道清喝道：『宋江不得無禮！俺便不放還你，看你怎地拿我！』宋江大怒，把鞭梢一指，林沖、徐寧、索超、張清、魯智深、武松、劉唐，一齊衝殺過來。

喬道清叩齒作法，捏訣念咒，把劍望西一指，喝聲道：『疾！』霎時有無數兵將，從西飛殺過來，早把宋兵衝動。喬道清又把劍望北一指，口中念念有詞，喝聲道：『疾！』須臾，天昏地暗，日色無光，飛砂走石，撼地搖天。林沖等衆將，正殺上前，衹見前面都是黃砂黑氣，那裏見一個敵軍。宋軍不戰自亂，驚得坐下馬亂竄咆哮。林沖等急回馬擁護宋江，望北奔走。喬道清招兵掩殺，趕得宋江等軍馬星落雲散，七斷八續，呼兄喚弟，覓子尋爺。

宋江等忙亂奔走，未及半里之地，前面恁般奇怪，適才兵馬來時，好好的平原曠野，却怎麼彌彌漫漫，一望都是白浪滔天，無涯無際，却似個東洋大海。就是肋生兩翅，也飛不過。後面兵馬趕來，眼見得都是個死。魯智深、武松、劉唐齊聲大叫：『難道束手就縛？』三個奮力回身，向北殺來。

猛可地一聲霹靂，半空中現出二十餘尊金甲神人，把兵器亂打下來，早把魯智深、武松、劉唐打翻，北軍趕上，也被活捉去了。又聽得大喊道：『宋江下馬受縛，免汝一死！』宋江仰天嘆道：『宋江死不足惜，衹是君恩未報，雙親年老，無人奉養，李逵等這幾個兄弟，不曾救得。事到如此，衹拼一死，免得被擒受辱。』林沖、徐寧、索超、張清、湯隆、李雲、鬱保四七個頭領，擁着宋江，團聚一塊，都道：『我等願隨兄長，爲厲鬼殺賊！』鬱保四到如此窘迫慌亂的地位，身上又中了兩矢，那面帥字旗，兀是挺挺的捧着，緊緊跟隨宋先鋒，不離尺寸。北軍見帥喬道清在高阜處觀看宋兵營寨，但見：

四面八向之有準，前後左右之相救。門戶開闢之有法，呼吸聯絡之有度。

喬道清暗暗喝采，祇聽得宋寨中一聲炮響，寨門開處，擁出一彪軍來。兩陣裏彩旗招動，鼉鼓振天。喬道清下高阜，出到陣前，雷震、倪麟、費珍、薛燦擁護左右，宋陣裏旌旗開處，一將縱馬出陣，正是混世魔王樊瑞，手仗寶劍，指着喬道清大罵：『賊道，怎敢逞凶！』喬道清心中思忖道：『此人一定會些法術，我且試他一試。』便對樊瑞喝道：『無知敗將，敢出穢言！你敢與我比武藝麽？』樊瑞道：『你要比武藝，上前來吃我一劍！』兩軍吶喊擂鼓。樊瑞拍馬挺劍，直取喬道清。道清躍馬揮劍相迎。二劍并舉，兩魔相鬥：起先兀是兩騎馬絞做一團厮殺，次後各運神通，祇見兩股黑氣，在陣前左旋右轉，一往一來的亂滚。兩邊軍士，都看的呆了。樊瑞戰到酣處，覷個破綻，望喬道清一劍砍去，祇砍個空，險些兒顛下馬來。原來喬道清故意賣個破綻，哄樊瑞砍來，自己却使烏龍蜕骨之法，早已歸到陣前，呵呵大笑。樊瑞惶恐歸陣。

宋陣左右門旗開處，左邊飛出聖水將軍單廷珪，領五百步兵，盡是黑旗黑甲，手執團牌標槍，鋼叉利刃；右邊飛出神火將軍魏定國，領五百火軍，身穿絳衣，手執火器，前後擁出五十輛火車，車上都裝蘆葦引火之物。軍人背上各拴鐵葫蘆一個，內藏硫黃焰硝，五色烟藥，一齊點着。那兩路軍兵，左邊的烏雲卷地，右邊的烈火飛騰，一哄衝殺過來，北軍驚懼欲退。喬道清喝道：『退後者斬！』右手仗着寶劍，口中念念有詞，霎時烏雲蓋地，風雷大作，降下一陣大塊冰雹，望聖水、神火軍中亂打下來，霹靂交加，火焰滅絶。衆軍被冰雹打得星落雲散，抱頭鼠竄。單廷珪、魏定國嚇得魂不附體，舉手無措，抵死逃回本陣，聖水、神火將軍，以此翻成畫餅。

須臾，雹散雲收，仍是青天白日，地上兀是有如鷄卵似拳頭的無數冰塊。喬道清看宋軍時，打得頭損額破，眼瞎鼻歪，踏着冰塊，便滑一跌。喬道清揚武耀威高叫道：『宋兵中再有手段高强，神通廣大的麽？』樊瑞羞忿交集，披髮仗劍，立于馬上，使盡平生法力，口中念動呪語，祇見狂風四起，飛砂走石，天愁地暗，日色無光。樊瑞招動人馬，衝殺過來，喬道清笑道：『量你這鳥術，幹得甚事！』便也仗劍作法，口中念念有詞。祇見風盡隨着宋軍亂滚，半空中又是一聲霹靂，無數神兵天將，殺將下來。宋陣中馬嘶人喊，亂竄起來。喬道清同四個偏將，縱軍掩殺。樊瑞法術不靈，抵當不住，回馬便走。

北軍追趕上來，正在萬分危急，猛見宋寨中一道金光射來，把風砂衝散，那些天兵神將，都亂紛紛墮落陣前。衆人看時，却是五彩紙剪就的。喬道清見破了神兵法，大展神通，披髮仗劍，捏訣念咒，喝聲道：『疾！』又使出三昧神水的法來。須臾，有千萬道黑氣，從壬癸方滚來。祇見宋陣中一個先生，驟馬出陣，仗口松紋古定劍，口中念念有詞，喝聲道：『疾！』猛見半空裏有許多黄袍神將，飛向北去，把那黑氣衝滅。喬道清吃一驚，手足無措。宋軍見這個先生破了妖術，齊聲大罵：『喬道清妖賊，如今有手段高强的來了。』喬道清聽了這句，羞的徹耳通紅，望本陣便退。喬道清生平逞弄神通，今日垂首喪氣，正是：總教掬盡三江水，難洗今朝一面羞。

畢竟宋陣裏破妖術的先生是誰，且聽下回分解。

第九十六回　幻魔君術窘五龍山　入雲龍兵圍百谷嶺

話說宋陣裏破喬道清妖術的那個先生，正是入雲龍公孫勝。他在衛州接了宋先鋒將令，即同王英、張清、解珍、解寶，星夜趕到軍前。入寨參見了宋先鋒，恰遇喬道清逞弄妖法，戰敗樊瑞。那日是二月初八，干支是戊午，戊屬土。當下公孫勝就請天干神將，克破那壬癸水，掃蕩妖氛，現出青天白日。宋江、公孫勝兩騎馬同到陣前，看見喬道清羞慚滿面，領軍馬望南便走。公孫勝對宋江道：『喬道清法敗奔走，若放他進城，便深根固蒂。兄長疾忙傳令，教徐寧、索超，領兵五千，從東路抄至南門，截住去路。王英、孫新，領兵五千，馳往西門截住。如遇喬道清兵敗到來，祇截住他進城的路，不必與他廝殺。』宋江依計傳令，分撥衆將遵令去了。

此時兀是巳牌時分，宋江同公孫勝統領林沖、張清、湯隆、李雲、扈三娘、顧大嫂七個頭領，軍馬二萬，趕殺前來。北將雷震等保護喬道清，且戰且走。前面又有軍馬到來，却是孫琪、聶新領兵接應，合兵一處。剛到五龍山寨，聽得後面宋兵鳴鑼擂鼓，喊殺連天，飛趕上來。孫琪道：『國師入寨住扎，待孫某等與他决一死戰。』喬道清在衆將面前誇了口，况且自來行法，不曾遇着對手，今被宋兵追迫，十分羞怒，便對孫琪道：『你們且退後，待我上前拒敵。』即便勒兵列陣，一馬當先，雷震等將簇擁左右。喬道清高叫：『水窪草寇，焉得這般欺負人！俺再與你决個勝敗。』原來喬道清生長涇原，是極西北地面，與山東道路遥遠，不知宋江等衆兄弟詳細。

當下宋陣裏把旗左招右展，一起一伏，列成陣勢，兩陣相對，吹動畫角，戰鼓齊鳴。南陣裏黃旗磨動，門旗開處，兩騎馬出陣：中間馬上，坐着山東呼保義及時雨宋公明；左手馬上，坐的是入雲龍公孫一清，手中仗劍，指着喬道清説道：『你那學術，都是外道，不聞正法，快下馬歸順！』喬道清仔細看時，正是那破法的先生。但見：

星冠攢玉，鶴氅縷金。九宮衣服燦雲霞，六甲風雷藏寶訣。腰系雜色彩絲縧，手仗松纹古定劍，穿一雙雲縫赤朝鞋，騎一匹黃鬃昂首馬。八字神眉杏子眼，一部掩口落腮鬍。

當下喬道清對公孫勝道：『今日偶爾行法不靈，我如何便降服你？』公孫勝道：『你還敢逞弄那鳥術麽？』喬道清喝道：『你也小覷俺，再看俺的法！』喬道清抖擻精神，口中念念有詞，把手望費珍一招，祇見費珍手中執的那條點鋼槍，却似被人劈手一奪的，忽地離了手，如騰蛇般飛望公孫勝刺來。公孫勝把劍望秦明一指，那條狼牙棍，早離了手，迎着鋼槍，一往一來，捽風般在空中相鬥。兩軍迭聲喝采。猛可的一聲響，兩軍發喊，空中狼牙棍，把槍打落下來，冬的一聲，倒插在北軍戰鼓上，把戰鼓搠破。那司戰鼓的軍士，嚇得面如土色。那條狼牙棍，依然復在秦明手中，恰似不曾離手一般，宋軍笑得眼花没縫。

公孫勝喝道：『你在大匠面前弄斧！』喬道清又捏訣念咒，把手望北一招，喝聲道：『疾！』祇見北軍寨後，五龍山凹裏，忽的一片黑雲飛起，雲中現出一條黑龍，張鱗鼓鬣，飛向前來。公孫勝呵呵大笑，把手也望五龍山一招，祇見五龍山凹裏，如飛電般掣出一條黃龍，半雲半霧，迎住黑龍，空中相鬥。喬道清又叫：『青龍快來！』祇見山頂上才飛出一條青龍，隨後又有白龍飛出，趕上前迎住。兩軍看得目瞪口呆。喬道清仗劍大叫：『赤龍快出幫助！』須臾，山凹裏又騰出一條赤龍，飛舞前來。五條龍向空中亂舞，正按着金、木、水、火、土五行，互生互克，攪做一團。狂風大起，兩陣裏捧旗的軍士，被風卷動，一連顛翻了數十個。公孫勝左手仗劍，右手把麈尾望空一擲，那麈尾在空中打個滚，化成鴻雁般一隻鳥飛起去。須臾，漸高漸大，扶摇而上，直到九霄空裏，化成個大鵬，翼若垂天之雲，望着那五條龍撲擊下來。祇聽得刮刺刺的響，却似青天裏打個霹靂，把那五條龍撲打得鱗散甲飄。

原來五龍山有段靈异，山中常有五色雲現。龍神托夢居民，因此起建廟宇，中間供個龍王牌位。又按五方，塑成青、黃、赤、黑、白五條龍，按方向蟠旋于柱，都是泥塑金裝彩畫就的。當下被二人用法遣來相鬥，被公孫勝用麈尾化成大鵬，將五條泥龍，搏擊的粉碎，望北軍頭上，亂紛紛打將下來。北軍發喊，躲避不迭，被那年久乾硬的泥塊，打得臉破額穿，鮮血迸流，登時打傷二百餘人，軍中亂竄。喬道清束手無術，不能解救。半空裏落下個黃泥龍尾，

無多時，孫新、王英見公孫勝同樊瑞、單廷珪、魏定國，領兵飛趕上來。公孫勝道：『兩位頭領，且到大寨食息，待貧道自去趕他。』孫新、王英依令回寨。此時已是酉牌時分。却說喬道清同費珍、薛燦領敗殘兵，急急如喪家之狗，忙忙似漏網之魚，望北奔馳。公孫勝同樊瑞、單廷珪、魏定國，領兵一萬，隨後緊緊追趕。公孫勝高叫道：『喬道清快下馬降順，休得執迷！』喬道清在前面馬上高聲答道：『人各爲其主，你何故逼我太甚？』此時天色已暮，宋兵燃火炬火把，火光照耀如白晝一般。

喬道清回顧左右，止有費珍、薛燦及三十餘騎。其餘人馬，已四散逃竄去了。喬道清欲拔劍自刎，費珍慌忙奪住道：『國師不必如此。』用手向前面一座山指道：『此嶺可以藏匿。』喬道清計窮力竭，隨同二將馳入山嶺。原來昭德城東北，有座百谷嶺，相傳神農嘗百谷處。山中有座神農廟。喬道清同費、薛二將，屯扎神廟中，手下止有十五六騎。祇因公孫勝要降服他，所以容他遁入嶺中。不然，宋兵趕上，就是一萬個喬道清，也殺了。話不絮煩。却說公孫勝知喬道清遁入百谷嶺，即將兵馬分四路，扎立營寨，將百谷嶺四面圍住。至二更時分，忽見東西兩路火光大起，却是宋先鋒回寨，復令林沖、張清，各領兵五千，連夜哨探到來。與公孫勝合兵一處，共是二萬人馬，分頭扎寨，圍困喬道清，不題。

且說宋江次日探知喬道清被公孫勝等將兵馬圍困于百谷嶺，即與吳學究計議攻城。傳令大兵拔寨起營，到昭德城下。宋江分撥將佐到昭德，圍的水泄不通。城中守將葉聲等，堅守城池。宋兵一連攻打二日，城尚不破。宋江在城南寨中，見攻城不下，十分憂悶，李逵等被陷，不知性命如何，不覺潸然泪下。軍師吳用勸道：『兄長不必煩悶，祇消用幾張紙，此城唾手可得。』宋江忙問道：『軍師有何良策？』當下吳學究不慌不忙，迭着兩個指頭，說出這條計來。有分教：兵不血刃孤城破，將士投戈百姓安。

畢竟吳學究說出什麽來，且聽下回分解。

假借鬼神之運用，在佛家謂之金剛禪邪法，在仙家謂之幻術。若認此法便可超凡入聖，豈非毫厘千里之謬！』喬道清聽罷，似夢方覺。當下拜公孫勝爲師。宋江等聽公孫勝説的明白玄妙，都稱贊公孫勝的神功道德。當日酒散，一宿無話。

次日，宋江令蕭讓寫表，申奏朝廷，得了晉寧、昭德二府。寫書申呈宿太尉報捷，其衛州、晉寧、昭德、蓋州、陵川、高平六府州縣缺的官，乞太尉擇賢能堪任的，奏請速補，更替將領征進。當下蕭讓書寫停當，宋江令戴宗賫捧，即日起程。

戴宗遵令，拴縛行囊包裹，賫捧表文書札，選個輕捷軍士跟隨，辭别宋先鋒，作起神行法，次日便到東京。先往宿太尉府中呈遞書札，恰遇宿太尉在府。戴宗在府前，尋得個本府楊虞候，先送了些人事銀兩，然後把書札相煩轉達太尉。楊虞候接書入府。少頃，楊虞候出來喚道：『太尉有鈞旨，呼喚頭領。』戴宗跟隨虞候進府，祇見太尉正在廳上坐地，拆書觀看。戴宗上前參見。太尉道：『正在緊要的時節，來的恁般湊巧！前日正被蔡京、童貫、高俅，在天子面前，劾奏你的哥哥宋先鋒復軍殺將，喪師辱國，大肆誹謗，欲皇上加罪。天子猶豫不决，却被右正言陳瓘上疏，劾蔡京、童貫、高俅誣陷忠良，排擠善類，説汝等兵馬，已渡壺關險隘，乞治蔡京等欺妄之罪。以此忤了蔡太師，尋他罪過。昨日奏過天子説：「陳瓘撰尊堯録，他尊神宗爲堯，即寓訕陛下之意，乞治陳瓘訕上之罪。」幸的天子不即加罪。今日得汝捷報，不但陳瓘有顔，連我也放下許多憂悶。明日早朝，我將汝奏捷表文上達。』戴宗再拜稱謝，出府覓個寓所，安歇聽候，不在話下。

且説宿太尉次日早朝入内，道君皇帝在文德殿朝見文武。宿太尉拜舞山呼畢，將宋江捷表奏聞，説宋江等征討田虎，前後共克復六府州縣，今差人賫捷表上聞。天子龍顔欣悦。宿元景又奏道：『正言陳瓘撰尊堯録，以先帝神宗爲堯，陛下爲舜，尊堯何得爲罪？陳瓘素剛正不屈，遇事敢言，素有膽略，乞陛下加封陳瓘官爵，敕陳瓘到河北監督兵馬，必成大功。』天子准奏，隨即降旨：『陳瓘于原官上加升樞密院同知，着他爲安撫，統領御營軍馬二萬，前往宋江軍前督戰，并賫賞賜銀兩，犒勞將佐軍卒。』當下朝散，宿太尉回到私第，唤戴宗打發回書。戴宗已知有了聖旨，拜辭宿太尉，離了東京，作起神行法，次日已到昭德城中。往返東京，剛剛四日。宋江正整點兵馬，商議進征，見戴宗回來，忙問奏聞消息。戴宗將宿太尉回書呈上。宋江拆開看罷，將書中備細，一一對衆頭領説知。衆人都道：『難得陳安撫恁般肝膽，我們也不枉在這裏出力。』宋江傳令，待接了敕旨，然後進征。衆將遵令，在城屯住，不在話下。

却説昭德城北潞城縣，是本府屬縣。城中守將池方，探知喬道清圍困時，便星夜差人，到威勝田虎處申報告急。田虎手下僞省院官，接了潞城池方告急申文，正欲奏知田虎，忽報晉寧已失，御弟三大王田彪止逃得性命到此。説言未畢，恰好田彪已到。田彪同省官入内，拜見田虎。田彪放聲大哭説：『宋兵勢大，被他打破晉寧城池，殺了兒子田實，臣止逃得性命至此。失地喪師，臣該萬死！』説罷又哭。那邊省院官又啓奏道：『臣適才接得潞城守將池方申文，説喬國師已被宋兵圍困，昭德危在旦夕。』田虎聞奏大驚，會集文武衆官，右丞相太師卞祥、樞密官范權、統軍大將馬靈等，當廷商議：『即日宋江侵奪邊界，占了我兩座大郡，殺死衆多兵將，喬道清已被他圍困，汝等如何處置？』當有國舅鄔梨奏道：『主上勿憂！臣受國恩，願部領軍馬，克日興師，前往昭德，務要擒獲宋江等衆，恢復原奪城池。』那鄔梨國舅，原是威勝富户。鄔梨入骨好使槍棒，兩臂有千斤力氣，開的好硬弓，慣使一柄五十斤重潑風大刀。田虎知他幼妹大有姿色，便娶來爲妻，遂將鄔梨封爲樞密，稱做國舅。當下鄔梨國舅又奏道：『臣幼女瓊英，近夢神人教授武藝，覺來便是膂力過人。不但武藝精熟，更有一件神异的手段，手飛石子，打擊禽鳥，百發百中，近來人都他做瓊矢鏃。臣保奏幼女爲先鋒，必獲成功。』田虎隨即降旨封瓊英爲郡主。鄔梨謝恩方畢，又有統軍大將馬靈奏道：『臣願部領軍馬，往汾陽退敵。』田虎大喜，都賜金印虎牌，賞賜明珠珍寶。

鄔梨、馬靈各撥兵三萬，速便起兵前去。

不説馬靈統領偏牙將佐軍馬，望汾陽進發。且説鄔梨國舅領了王旨兵符，下教場挑選兵馬三萬，整頓刀槍弓箭，一應器械。歸第，領了女將瓊英爲前部先鋒，入内辭別田虎，擺布起身。瓊英女領父命，統領軍馬，徑奔昭德來。祇因這女將出征，有分教：貞烈女復不共戴天之仇，英雄將成琴瑟伉儷之好。畢竟不知女將軍怎生搦戰，且聽下回分解。

第九十八回　張清緣配瓊英　吳用計鴆鄔梨

話説鄔梨國舅，令郡主瓊英爲先鋒，自己統領大軍隨後。那瓊英年方一十六歲，容貌如花的一個處女，原非鄔梨親生的。他本宗姓仇，父名申，祖居汾陽府介休縣，地名綿上。那綿上，即春秋時晉文公求介之推不獲，以綿上爲之田，就是這個綿上。那仇申頗有家資，年已五旬，尚無子嗣。又值喪偶，續娶平遥縣宋有烈女兒爲繼室，生下瓊英，年至十歲時，宋有烈身故，宋氏隨即同丈夫仇申往奔父喪。那平遥是介休鄰縣，相去七十餘里。宋氏因路遠倉卒，留瓊英在家，分付主管葉清夫婦看管伏侍。自己同丈夫行至中途，突出一伙强人，殺了仇申，趕散莊客，將宋氏擄去。莊客逃回，報知葉清。那葉清雖是個主管，倒也有些義氣，也會使槍弄棒。妻子安氏，頗是謹慎，當下葉清報知仇家親族，一面呈報官司，捕捉强人，一面埋葬家主尸首。仇氏親族，議立本宗一人，承繼家業。葉清同妻安氏兩口兒，看管小主女瓊英。

過了一年有餘，值田虎作亂，占了威勝，遣鄔梨分兵摽掠，到介休綿上，搶劫資財，擄掠男婦，那仇氏嗣子，被亂兵所殺，葉清夫婦及瓊英女，都被擄去。那鄔梨也無子嗣，見瓊英眉清目秀，引來見老婆倪氏。那倪氏從未生育的，一見瓊英，便十分愛他，却似親生的一般。瓊英從小聰明，百伶百俐，料道在此不能脱生，又舉止無親，見倪氏愛他，便對倪氏説，向鄔梨討了葉清的妻安氏進來。因此安氏得與瓊英坐卧不離。那葉清被擄時，他要脱身逃走，却思想：『瓊英年幼，家主主母祇有這點骨血，我若去了，便不知死活存亡。幸得妻子在彼，倘有機會，同他們脱得患難，家主死在九泉之下，亦是瞑目。』因此祇得隨順了鄔梨。征戰有功，鄔梨將安氏給還葉清。安氏自此得出入帥府，傳遞消息與瓊英。鄔梨又奏過田虎，封葉清做個總管。

葉清後被鄔梨差往石室山，采取木石。部下軍士向山岡下指道：『此處有塊美石，白賽霜雪，一毫瑕疵兒也没有。土人欲采取他，却被一聲霹靂，把幾個采石的驚死，半晌方醒。因此人都嚙指相戒，不敢近他。』葉清聽説，忽有流星探馬報將來，說道：『田虎差馬靈統領將佐軍馬，往救汾陽，又差鄔梨國舅，同瓊英郡主，統領將佐，從東殺至襄垣了。』宋江聽罷，與吳用商議，分撥將佐迎敵。當下降將喬道清說道：『馬靈素有妖術，亦會神行法，暗藏金磚打人，百發百中。小道蒙先鋒收錄，未曾出得氣力，願與吾師公孫一清，同到汾陽，說他來降。』宋江大喜，即撥軍馬二千，與公孫勝、喬道清帶領前去。二人辭別宋江，即日領軍馬起程，望汾陽去了，不題。

再說宋江傳令，索超、徐寧、單廷珪、魏定國、湯隆、唐斌、耿恭，統領軍馬二萬，攻取潞城縣。再令王英、扈三娘、孫新、顧大嫂領騎兵一千，先行哨探北軍虛實。宋江辭了陳安撫，統領吳用、林沖、張清、魯智深、武松、李逵、鮑旭、樊瑞、項充、李衮、劉唐、解珍、解寶、凌振、裴宣、蕭讓、宋清、金大堅、安道全、蔣敬、鬱保四、王定六、孟康、樂和、段景住、朱貴、皇甫端、侯健、蔡福、蔡慶，及新降將孫安，共正偏將佐三十一員，軍馬三萬五千，離了昭德，望北進發。前隊哨探將佐王英等，已到襄垣縣界，五陰山北，早遇北將葉清、盛本哨探到來。兩軍相撞，擂鼓搖旗。北將盛本，立馬當先。宋陣裏王英驟馬出陣，更不打話，拍馬拈槍，直搶盛本。兩軍吶喊，盛本挺槍縱馬迎住。二將鬥敵十數合之上，扈三娘拍馬舞刀，來助丈夫厮殺。盛本敵二將不過，撥馬便走。扈三娘縱馬趕上，揮刀把盛本砍翻，撞下馬來。王英等驅兵掩殺，葉清不敢抵敵，領兵馬急退。宋兵追趕上來，殺死軍士五百餘人，其餘四散逃竄。葉清止領得百餘騎，奔至襄垣城南二十里外。瓊英軍馬已到扎寨。

原來葉清于半年前被田虎調來，同主將徐威等鎮守襄垣。近日聽得瓊英領兵爲先鋒，葉清禀過主將徐威，領本部軍馬哨探，欲乘機相見主女。徐威又令偏將盛本同去，却好被扈三娘殺了，恰遇瓊英兵馬。當下葉清入寨，參見主女，見主女長大，雖是個女子，也覺威風凛凛，也像個將軍。瓊英認得是葉清，叱退左右，對葉清道：『我今日雖離虎窟，手下止有五千人馬，父母之仇，如何得報。欲脱身逃遁，倘彼知覺反罹其害。正在躊躇，却得汝來。』葉清道：『小人正在思想計策，却無門路。倘有機會，即來報知。』說還未畢，忽報南軍將佐，領兵追殺到來。瓊英披挂上馬，領軍迎敵。

兩軍相對，旗鼓相望，兩邊列成陣勢，北陣裏門旗開處，當先一騎銀鬃馬上，坐着少年美貌的女將。怎生模樣：但見：

金釵插鳳，掩映烏雲。鎧甲披銀，光欺瑞雪。踏寶鐙鞋尖紅，提畫戟手舒嫩玉。柳腰端跨，迭勝帶紫色飄搖；玉體輕盈，挑綉袍紅霞籠罩。臉堆三月桃花，眉掃初春柳葉。錦袋暗藏打將石，年方二八女將軍。

女將馬前旗號寫的分明：『平南先鋒將郡主瓊英。』南陣軍將看罷，個個喝采。兩陣裏花腔鼉鼓喧天，雜彩綉旗閉日。矮脚虎王英看見是個美貌女子，驟飛出陣，挺槍飛搶瓊英，兩軍吶喊，那瓊英拍馬拈戟來戰。二將鬥到十數餘合，王矮虎拴不住意馬心猿，槍法都亂了。瓊英想道：『這厮可惡！』覷個破綻，衹一戟，刺中王英左腿。王英兩脚蹬空，頭盔倒卓，撞下馬來。扈三娘看見傷了丈夫，大駡：『賊潑賤小淫婦兒，焉敢無禮！』飛馬搶出，來救王英。瓊英挺戟，接住厮殺。王英在地掙扎不起，北軍擁上，來捉王英，那邊孫新、顧大嫂雙出，死救回陣。顧大嫂見扈三娘鬥瓊英不過，使雙刀拍馬上前助戰，三個女將，六條臂膊，四把鋼刀，一枝畫戟，各在馬上相迎着。正如風飄玉屑，雪撒瓊花，兩陣軍士，看得眼也花了。三女將鬥到二十餘合，瓊英望空虛刺一戟，拖戟撥馬便走。扈三娘、顧大嫂一齊趕來。瓊英左手帶住畫戟，右手拈石子，將柳腰扭轉，星眼斜睃，覷定扈三娘，衹一石子飛來，正打中右手腕。扈三娘負痛，早撇下一把刀來，撥馬便回本陣。顧大嫂見打中扈三娘，撇了瓊英，來救扈三娘。瓊英勒馬趕來，那邊孫新大怒，舞雙鞭，拍馬搶來。未及交鋒，早被瓊英飛起一石子，瑲的一聲，正打中那熟銅獅子盔。孫新大驚，不敢上前，急回本陣，保護王英、扈三娘，領兵退去。

瓊英正欲驅兵追趕，猛聽的一聲炮響，此時是二月將終天氣，衹見柳梢旗亂拂，花外馬頻嘶，山坡後衝出一彪軍來，却是林沖、孫安、及步軍頭領李逵等，奉宋公明將令，領軍接應。兩軍相撞，擂鼓搖旗，兩陣裏迭聲吶喊。

瓊英衆將見鄔梨中箭，急鳴金收兵。南面宋軍又到，當先馬上一將，却是没羽箭張清，在寨中聽流星報馬説，北陣裏有個飛石子的女將，把扈三娘等打傷。張清聽報驚异，稟過宋先鋒，急披挂上馬，領軍到此接應，要認那女先鋒。那邊瓊英已是收兵，保護鄔梨，轉過長林，望襄垣去了。張清立馬惆望，有詩爲證：

佳人回馬綉旗揚，士卒將軍個個忙。引入長林人不見，百花叢裏隔紅妝。

當下孫安見解珍、解寶被擒，魯智深、武松、李逵三人殺入陣去，欲招兵追趕，天色又晚，祇得同張清保護林沖，收兵回大寨。

宋江正在升帳，令神醫安道全看治王英。衆將上前看王英時，不止傷足，連頭面也磕破。安道全敷治已畢，又來療治林沖。宋江見説陷了解珍、解寶及李逵等三人，不知下落，十分憂悶。無移時，祇見武行者同了李逵，殺得滿身血污，入寨來見宋江。武松訴説：『小弟見李逵殺得性起，祇顧上前，兄弟幫他厮殺，殺條血路，衝透北軍，直至城下。祇見北軍綁縛着解珍、解寶，欲進城去，被我二人殺死軍士，奪了解珍、解寶，被徐威等大軍趕來，復奪去解珍、解寶，我二人又殺開一條血路，空手到此。祇不見魯智深。』宋江聽説，滿眼垂泪，差人四下跟尋探聽魯智深踪迹，又令安道全敷治李逵。此時已是黄昏時分，宋江計點軍士，損折三百餘名，當下緊閉寨栅，提鈴喝號，一宿無話。

次早，軍士回報，魯智深并無影響，宋江越添憂悶，再差樂和、段景住、朱貴、鬱保四，各領輕捷軍士，分四路尋覓。宋江欲領兵攻城，怎奈頭領都被打傷，祇得按兵不動。城中緊閉城門，也不來厮殺。一連過了二日，祇見鬱保四獲得奸細一名，解進寨來。孫安看那個人，却認得是北將總管葉清。孫安對宋江道：『某聞此人素有意氣，他獨自出城，其中必有緣故。』宋江叫軍士放了綁縛，唤他上前。葉清望宋江磕頭不已道：『某有機密事，乞元帥屏退左右，待葉某備細上陳。』宋江道：『我這裏弟兄，通是一般腸肚，但説不妨。』葉清方才説：『城中鄔梨，前日在陣上中了藥箭，毒發昏亂，小人假傳將令，把二位將軍，權且監候，如今好好地在那裏。』葉清又把仇申夫婦被田虎殺害擄掠，及瓊英的上項事，備細述了一遍。説罷，悲慟失聲。

宋江見説這段情由，頗覺凄慘。因見葉清是北將，恐有詐謀，正在疑慮，祇見安道全上前對宋江道：『真個姻緣天凑，事非偶然！』他便一五一十的説道：『張將軍去冬，也夢什麽秀士，請他去教一個女子飛石。又對他説，是將軍宿世姻緣，張清覺來，痴想成疾。彼時蒙兄長着小弟同張清住高平療治他，小弟診治張清脉息，知道是七情所感，被小弟再三盤問，張將軍方肯説出病根，因是手到病痊。今日聽葉清這段話，却不是與張將軍符合？』

宋江聽罷，再問降將孫安。孫安答道：『小將頗聞得瓊英不是鄔梨嫡女。孫某部下牙將楊芳，與鄔梨左右相交最密，也知瓊英備細。葉清這段話，决無虚僞。』葉清又道：『主女瓊英，素有報仇雪耻之志。小人見他在陣上連犯虎威，恐城破之日，玉石俱焚。今日小人冒萬死到此，懇求元帥。』吴用聽罷，起身熟視葉清一回，便對宋江道：『看他色慘情真，誠義士也！天助兄長成功，天教孝女報仇！』便向宋江附耳低言説道：『我兵雖分三路合剿，倘田虎結連金人，我兵兩路受敵。縱使金人不出，田虎計窮，必然降金，似此如何成得蕩平之功？小生正在策劃，欲得個内應。今天假其便，有張將軍這段姻緣，祇除如此如此，田虎首級祇在瓊英手中。李逵的夢，神人已有預兆。兄長豈不聞「要夷田虎族，須諧瓊矢鏃」這兩句麽？』宋江省悟，點頭依允，即唤張清、安道全、葉清三人，密語受計。三人領計去了。

却説襄垣守城將士，祇見葉清回來，高叫：『快開城門！我乃鄔府偏將葉清，奉差尋訪醫人全靈、全羽至此。』守城軍士，隨即到幕府傳鼓通報。須臾，傳出令箭，放開城門。葉清帶領全靈、全羽進城，到了國舅幕府前，裏面傳出令來，説唤醫人進來看治。葉清即同全靈進府。隨行軍中伏侍的伴當人等，稟知郡主瓊英，引全靈到内裏參見瓊英已畢，直到鄔梨卧榻前，祇見口内一絲兩氣。全靈先診了脉息，外使敷貼之藥，内用長托之劑。三日之間，

第九十九回　花和尚解脱緣纏井　混江龍水灌太原城

話説田虎接得葉清申文，拆開付與近侍識字的：『讀與寡人聽。』書中説：『臣鄔梨招贅全羽爲婿。此人十分驍勇，殺退宋兵，宋江等退守昭德府。臣鄔梨即日再令臣女郡主瓊英，同全羽，領兵恢復昭德城。謹遣總管葉清報捷，并以婚配事奉聞，乞大王恕臣擅配之罪。』田虎聽罷，減了七分憂色，隨即傳令，封全羽爲中興平南先鋒郡馬之職，仍令葉清同兩個僞指揮使，賫領令旨及花紅、錦緞、銀兩，到襄垣縣封賞郡馬。葉清拜辭田虎，同兩個僞指揮使望襄垣進發，不題。

却説前日神行太保戴宗，奉宋公明將令，往各府州縣，傳遍軍帖已畢，投汾陽府盧俊義處探聽去了。其各府州縣新官，陸續已到。各路守城將佐，隨即交與新官治理，諸將統領軍馬，次第都到昭德府。第一隊是衛州守將關勝、呼延灼，同壺關守將孫立、朱仝、燕順、馬麟，抱犢山守將文仲容、崔埜，軍馬到來，入城參見陳安撫、宋江已畢，説：『水軍頭領李俊探聽得潞城已克，即同張橫、張順、阮小二、阮小五、阮小七、童威、童猛，統駕水軍船隻，自衛河出黄河，由黄河到潞城縣東潞水，聚集聽調。』當下宋江置酒叙闊。

次日，令關勝、呼延灼、文仲容、崔埜，領兵馬到潞城，傳令水軍頭領李俊等，『協同汝等及索超等人馬，進兵攻取榆社、大谷等縣，抄出威勝州賊巢之後，不得疏虞！恐賊計窮，投降金人。』關勝等遵令去了。次後，陵川縣守城將士李應、柴進，高平縣守城將士史進、穆弘，蓋州守城將士花榮、董平、杜興、施恩，各各交代與新官，領軍馬到來，參見已畢，稱説花榮等將，在蓋州鎮守，北將山士奇從壺關戰敗，領了敗殘軍士，糾合浮山縣軍馬，來寇蓋州，被花榮等兩路伏兵齊發，活擒山士奇，殺死二千餘人，山士奇遂降。其餘軍將，四散逃竄。當下花榮等引山士奇另參宋先鋒，宋江令置酒接風相叙。宋江等軍馬，祇在昭德城中屯住，佯示懼怕張清、瓊英之意，以堅田虎之心，不在話下。

且説盧俊義等已克汾陽府，田豹敗走到孝義縣，恰遇馬靈兵到。那馬靈是涿州人，素有妖術：脚踏風火二輪，日行千里，因此人稱他做神駒子，又有金磚法，打人最是利害，凡上陣時，額上又現出一隻妖眼，因此人又稱他做小華光。術在喬道清之下。他手下有偏將二員，乃是武能、徐瑾。那二將都學了馬靈的妖術。當下馬靈與田豹合兵一處，統領武能、徐瑾、索賢、黨世隆、凌光、段仁、苗成、陳宣，并三萬雄兵，到汾陽城北十里外扎寨。南軍將佐，連日與馬靈等交戰不利。盧俊義引兵退入汾陽城中，不敢與他厮殺，祇愁北軍來攻城池。正在納悶，忽有守東門軍士飛報將來，説宋先鋒特差公孫勝、喬道清，領兵馬二千，前來助戰。

盧俊義忙教開門請進。相見已畢，盧俊義揖公孫勝上坐，喬道清次之，置酒管待。盧俊義訴説：『馬靈術法利害，被他打傷了雷橫、鄭天壽、楊雄、石秀、焦挺、鄒淵、鄒潤、龔旺、丁得孫、石勇數員將佐。盧某正在束手無策，却得二位先生到此。』喬道清説道：『小道與吾師爲此稟過宋先鋒，特到此拿他。』説還未畢，祇見守城軍飛報將來，説馬靈領兵殺奔東門來，武能、徐瑾領兵殺至西門，田豹同索賢、黨世隆、凌光、段仁領兵殺奔北門來。公孫勝聽報，説道：『貧道出東門敵馬靈，喬賢弟出西門擒武能、徐瑾，盧先鋒領兵出北門，迎敵田豹。』盧俊義又教黄信、楊志、歐鵬、鄧飛，四將統領兵馬，助一清先生。當下戴宗聞馬靈會神行，也要同公孫勝出去，盧俊義依允。再令陳達、楊春、李忠、周通，領兵馬助喬先生。盧俊義同秦明、宣贊、郝思文、韓滔、彭玘，領兵出南門，迎敵田豹。當日汾陽城外，東西北三面，旗旛蔽日，金鼓振天，同時厮殺。

不説盧俊義、喬道清兩路厮殺，且説神駒子馬靈，領兵摇旗擂鼓，辱罵搦戰。祇見城門開處，放下吊橋，南軍將佐，擁出城來，將軍馬一字兒排開，如長蛇之陣。馬靈縱馬挺戟大喝道：『你們這伙鳥敗漢，可速還俺們的城池！若稍延捱，教你片甲不留！』歐鵬、鄧飛兩馬并出，大喝道：『你的死期到了！』歐鵬拈鐵槍，鄧飛舞鐵鏈，二人拍馬直搶馬靈，馬靈挺戟來迎。三將并到十合之上，馬靈手取金磚，正欲望歐鵬打來。此時公孫勝已是驟馬上前，仗劍作法。那時馬靈手起，這邊公孫勝把劍一指，猛可的霹靂也似一聲響亮，祇見紅光罩滿，公孫勝滿劍都是火焰，馬靈金磚墮地，就地一滾，即時消滅。公孫勝真個法術通靈，轉眼間，南陣將士、軍卒、器械，渾身都是火焰，把一個長蛇陣，變的火龍相似。馬靈金磚法，被公孫勝神火克了。公孫勝把麈尾招動，軍馬首尾合殺攏來，北軍大敗虧輸，殺得星落雲散，七斷八續，軍士三停内折了二停。馬靈戰敗逃生，幸得會使神行法，脚踏風火二輪，望東飛去。南陣裏神行太保戴宗，已是拴縛停當甲馬，也作起神行法，手挺樸刀，趕將上去。頃刻間，馬靈已去了二十餘里，戴宗止行得十六七里，看看望不見馬靈了。前面馬靈正在飛行，却撞着一個胖大和尚，劈面搶來，把馬靈一禪杖打翻，順手牽羊，早把馬靈擒住。

那和尚正在盤問馬靈，戴宗早已趕到，祇見和尚擒住馬靈。戴宗上前看那和尚時，却是花和尚魯智深。戴宗驚問道：『吾師如何到這裏？』魯智深道：『這裏是什麼所在？』戴宗道：『此處是汾陽府城東郭。這個是北將馬靈，適被公孫一清在陣上破了妖法，小弟追趕上來。那廝行得快，却被吾師擒住，真個從天而降！』魯智深笑道：『灑家雖不是天上下來，也在地上出來。』當下二人縛了馬靈，三人脚踏實地，徑望汾陽府來。戴宗再問魯智深來歷，魯智深一頭走，一頭說道：『前日田虎，差一個鳥婆娘到襄垣城外廝殺。他也會飛石子，便將許多頭領打傷，灑家在陣上殺入去，正要拿那鳥婆娘，不提防茂草叢中，藏着一穴。灑家雙脚落空，祇一交顛下穴去，半晌方到穴底，幸得不曾跌傷。灑家看穴中時，旁邊又有一穴，透出亮光來。灑家走進去觀看，却是奇怪，一般有天有月，亦有村莊房舍。其中人民，也是在那裏忙忙的營幹，見了灑家，都祇是笑。灑家也不去問，也祇顧搶入去。過了人烟輳集的所在，前面靜悄悄的曠野，無人居住。灑家行了多時，祇見一個草庵，聽的庵中木魚咯咯的響。灑家走進去看時，與灑家一般的一個和尚，盤膝坐地念經。灑家問他的出路，那和尚答道：「來從來處來，去從去處去。」灑家不省那兩句話，焦躁起來。那和尚笑道：「你知道這個所在麼？」灑家道：「那裏知道恁般鳥所在。」那和尚又笑道：「上至非非想，下至無間地，三千大千，世界廣遠，人莫能知。」又道：「凡人皆有心，有心必有念；地獄天堂，皆生于念。是故三界惟心，萬法惟識，一念不生，則六道俱銷，輪回斯絕。」灑家聽他這段話說得明白，望那和尚唱了個大喏。那和尚大笑道：「你一入緣纏井，難出欲迷天，我指示你的去路。」那和尚便領灑家出庵，才走得三五步，便對灑家說道：「從此分手，日後再會。」用手向前指道：「你前去可得神駒。」灑家回頭，不見了那和尚，眼前忽的一亮，又是一般景界，却遇着這個人。灑家見他走的蹊蹺，被灑家一禪杖打翻，却不知爲何已到這裏。此處節氣，又與昭德府那邊不同：桃李祇有恁般大葉，却無半朵花蕊。』戴宗笑道：『如今已是三月下旬，桃李多落盡了。』魯智深不肯信，爭讓道：『如今正是二月下旬，適才落井，祇停得一回兒，却怎麼便是三月下旬？』戴宗聽說，十分驚异。二人押着馬靈，一徑來到汾陽城。

此時公孫勝已是殺退北軍，收兵入城。盧俊義、秦明、宣贊、郝思文、韓滔、彭玘，殺了索賢、黨世隆、凌光三將，直追田彪、段仁至十里外，殺散北軍。田彪同段仁、陳宣、苗成，領敗殘兵，望北去了。盧俊義收兵回城，又遇喬道清破了武能、徐瑾，同陳達、楊春、李忠、周通，領兵追趕到來。被南軍兩路合殺，北兵大敗，死者甚衆。武能被楊春一大杆刀砍下馬來，徐瑾被郝思文刺死，奪獲馬匹、衣甲、金鼓、鞍轡無數。盧俊義與喬道清合兵一處，奏凱進城。盧俊義剛到府治，祇見魯智深、戴宗將馬靈解來。盧俊義大喜，忙問：『魯智深爲何到此？宋哥哥與鄔梨那廝廝殺，勝敗如何？』魯智深再將前面墮井及宋江與鄔梨交戰的事，細述一遍，盧俊義以下諸將，驚訝不已。

當下盧俊義親釋馬靈之縛。馬靈在路上已聽了魯智深這段話，又見盧俊義如此意氣，拜伏願降。盧俊義教戴宗、馬靈往宋先鋒處報捷，即日與副軍師朱武計議征進，不題。

且說馬靈傳授戴宗日行千里之法，二人一日便到宋先鋒軍前，入寨參見，備細報捷。宋江聽了魯智深這段話，驚訝喜悅，親自到陳安撫處，參見報捷，不在話下。

再説田豹同段仁、陳宣、苗成統領敗殘軍卒，急急如喪家之狗，忙忙似漏網之魚，到威勝見田虎，哭訴那喪師失地之事。又有僞樞密院官急入内啓奏道：『大王，兩日流星報馬，將羽書雪片也似報來，説統軍大將馬靈，已被擒拿；關勝、呼延灼兵馬，已圍榆社縣；盧俊義等兵馬，已破介休縣城池，獨有襄垣縣鄔國舅處，屢有捷音，宋兵不敢正視。』田虎聞報大驚，手足無措。文武多官計議，欲北降金人。當有僞右丞相太師卞祥，叱退多官，啓奏道：『宋兵縱有三路，我這威勝，萬山環列，糧草足支二年，御林衛駕等精兵二十餘萬。東有武鄉，西有沁源二縣，各有精兵五萬。後有太原縣、祈縣、臨縣、大谷縣，城池堅固，糧草充足，尚可戰守。古語有云：「寧爲鷄口，無爲牛後。」』

田虎躊躇未答，又報總管葉清到來。田虎即令召進，葉清拜舞畢，稱説：『郡主郡馬，屢次斬獲，兵威大振，兵馬直抵昭德府。正要圍城。因鄔國舅偶患風寒，不能管攝兵馬。乞大王添差良將精兵，協助郡主郡馬，恢復昭德府。』當有僞都督范權啓奏道：『臣聞郡主郡馬，甚是驍勇，宋兵不敢正視。若得大王御駕親征，又有雄兵猛將助他，必成中興大功。臣願助太子監國。』田虎准奏。原來范權之女，有傾國之姿。范權獻與田虎，田虎十分寵幸。因此，范權説的，無有不從。今日范權受了葉清重賂，又見宋兵勢大，他便乘機賣國。

當下田虎撥付卞祥將佐十員，精兵三萬，前往迎敵盧俊義、花榮等兵馬。又令僞太尉房學度，也統領將佐十員，精兵三萬，往榆社迎敵關勝等兵馬。田虎親自統領僞尚書李天錫、鄭之瑞、樞密薛時、林昕、都督胡英、唐昌，及殿帥、御林護駕教頭、團練使、指揮使、將軍、校尉等衆，挑選精兵十萬，擇日祭旗興師，殺牛宰馬，犒賞三軍。再傳令旨，教兄弟田豹、田彪同都督范權等，及文武多官，輔太子田定監國。葉清得了這個消息，密差心腹，星夜馳至襄垣城中，報知張清、瓊英。張清令解珍、解寶，將繩索懸挂出城，星夜往報宋先鋒知會去了。

却説卞祥伺候兵符，挑選軍馬，盤桓了三日，方才統領樊玉明、魚得源、傅祥、顧愷、寇琛、管琰、馮翊、吕振、吉文炳、安士隆等偏牙各項將佐，軍馬三萬，出了威勝州東門。軍分兩隊，前隊是樊玉明、魚得源、馮翊、顧愷，領兵馬五千。剛到沁源縣，地名綿山，山坡下一座大林，前軍却好抹過林子，衹聽得一棒鑼聲響處，林子背後山坡脚邊，撞出一彪軍來，却是宋公明得了張清消息，密差花榮、董平、林沖、史進、杜興、穆弘，領精勇騎兵五千，人披軟戰，馬摘鑾鈴，星夜疾馳到此。軍中一將，驟馬當先，兩手搦兩杆鋼槍。此將乃是宋軍中第一個慣衝頭陣的雙槍將董平，大喝道：『來的是那裏兵馬？不早早受縛，更待何時？』樊玉明大罵：『水窪草寇，何故侵奪俺這裏城池？』董平大怒，喝道：『天兵到此，兀是抗拒！』拍馬挺雙槍，直搶樊玉明，那邊樊玉明縱馬拈槍來迎。二將鬥到二十餘合，樊玉明力怯，遮架不住，被董平一槍，刺中咽喉，翻身落馬。那邊馮翊大怒，挺條渾鐵槍，飛馬直搶董平。那邊小李廣花榮，驟馬接住厮殺。二將鬥到十合之上，花榮撥馬，望本陣便走。馮翊縱馬趕來，却被花榮帶住花槍，拈弓搭箭，扯得那弓滿滿的，扭轉身軀，覷定馮翊較親，衹一箭，正中馮翊面門，頭盔倒卓，兩脚蹬空，撲通的撞下馬來。花榮撥轉馬，再一槍，結果了性命。董平、林沖、史進、穆弘、杜興，招動兵馬，一齊卷殺過來。顧愷早被林沖搠翻。魚得源墮馬，被人馬踐踏身死。北兵大敗虧輸，五千軍馬，殺死大半，其餘四散逃竄，花榮等兵士奪了金鼓馬匹，追殺北兵，至五里外，却遇卞祥大兵到來。

那卞祥是莊家出身，他兩條臂膊，有水牛般氣力，武藝精熟，乃是賊中上將。當下兩軍相對，旗鼓相望，兩陣裏畫角齊鳴，鼉鼓迭擂。北將卞祥，立馬當先，頭頂鳳翅金盔，身挂魚鱗銀甲，九尺長短身材，三牙掩口髭鬚，面方肩闊，眉竪眼圓，跨匹衝波戰馬，提把開山大斧。左右兩邊，排着傅祥、管琰、寇琛、吕振四個僞統制官；後面又有僞統軍、提轄、兵馬防御、團練等官，參隨在第。隊伍軍馬，十分擺布得整齊。南陣裏九紋龍史進驟馬出陣，大喝：『來將何人？快下馬受縛，免污刀斧！』卞祥呵呵大笑道：『瓶兒罐兒，也有兩個耳朵。你須曾聞得我卞祥的名字麼？』史進喝道：『助逆匹夫，天兵到此，兀是抗拒！』拍馬舞三尖兩刃八環刀，直搶卞祥。卞祥也輪大斧來迎。二馬相交，兩器并舉，刀斧縱橫，馬蹄撩亂，鬥到三十餘合，不分勝敗。這邊花榮愛卞祥武藝高强，却不肯放冷箭，祇拍馬挺搶，上前助戰。卞祥力敵二將，又鬥了三十餘合，不分勝敗。北陣中將士，恐卞祥有失，急鳴金收兵。花榮、董平見天色已晚，又寡不敵衆，也不追趕，亦收兵向南，兩軍自去十餘里扎寨。

是夜南風大作，濃雲潑墨，夜半，大雨震雷。此時田虎統領衆多官員將佐軍馬，已離了威勝城池百餘里，天晚扎寨。帳中自有隨行軍中內侍姬妾，及范美人在帳中歡宴。是夜也遇了大雨。自此霖雨一連五日不止，上面張蓋的天雨蓋都漏，下面又是水淥淥的，軍士不好炊爨立脚，角弓軟，箭翎脱，各營軍馬，都在營中兀守，不在話下。

且說索超、徐寧、單廷珪、魏定國、湯隆、唐斌、耿恭等將，接得關勝、呼延灼、文仲容、崔埜陸兵，及水軍頭領李俊等水軍船隻，衆將計議，留單廷珪、魏定國鎮守潞城，關勝等將佐水陸并進、船騎同行，打破榆社縣，再留索超、湯隆，鎮守城池。關勝等衆，乘勝長驅，勢如破竹，又克了大谷縣，殺了守城將佐，其餘牙將軍兵，降者無算。關勝安撫軍民，賞勞將士，差人到宋先鋒處報捷。次日，關勝等同時也遇了大雨，在城屯扎，不能前進。忽報：『盧先鋒留下宣贊、郝思文、吕方、郭盛，管領兵馬，鎮守汾陽府。盧俊義等已克了介休、平遥兩縣，再留韓滔、彭玘鎮守介休縣，孔明、孔亮鎮守平遥縣，盧先鋒統領衆多將佐軍馬，現圍太原縣城池，也因雨阻，不能攻打。』恰好水軍頭領李俊在城，聽了此報，忙對關勝說道：『盧先鋒等今遇天雨連綿，流水大至，使三軍不得稽留，倘賊人選死士出城衝擊，奈何！小弟有一計，欲到盧先鋒處商議。』關勝依允。

當下混江龍李俊，即刻辭了關勝出城，教童威、童猛統管水軍船隻，自己同了二張、三阮，帶領水軍二千，戴笠披蓑，冒雨衝風，間道疾馳到盧俊義軍前，入寨參見。不及寒温，即與盧俊義密語片晌。盧俊義大喜，即隨傳令軍士，冒雨砍木作筏，李俊等分頭行事去了，不題。

且說太原城中守城將士張雄，僞授殿帥之職，項忠、徐岳，僞授都統制之職，這三個人是賊中最好殺的。手下軍卒，個個凶殘淫暴，城中百姓，受暴虐不過，弃了家産，四散逃亡，十停中已去了七八停。張雄等今被大兵圍困，負固不服。張雄與項忠、徐岳計議：目今天雨，宋兵欲掠無所，水地不利，薪芻既寡，軍無稽留之心，急出擊之，必獲全勝。此時是四月上旬，張雄正欲分兵出四門，衝擊宋兵，忽聽得四面鑼聲振響。張雄忙上敵樓望城外時，祇見宋軍冒雨穿屐，俱登高阜山岡。張雄正在驚疑，又聽得智伯渠邊，及東西三處，喊聲振天，如千軍萬馬狂奔馳驟之聲。霎時間，洪波怒濤飛至，却如秋中八月潮洶涌，天上黄河水瀉傾。真個是：功過智伯城三板，計勝淮陰沙幾囊。

畢竟不知這水勢如何底止，且聽下回分解。

第一百回　張清瓊英雙建功　陳瓘宋江同奏捷

話說太原縣城池，被混江龍李俊，乘大雨後水勢暴漲，同二張、三阮，統領水軍，約定時刻，分頭決引智伯渠及晋水，灌浸太原城池。頃刻間，水勢汹涌。但見：

驟然飛急水，忽地起洪波。軍卒乘木筏衝來，將士駕天潢飛至。神號鬼哭，昏昏日色無光；岳撼山崩，浩浩波聲若怒。城垣盡倒，窩鋪皆休。旗幟隨波，不見青紅交雜；兵戈汩浪，難排霜雪爭叉。僵尸如魚鱉沉浮，熱血與波濤并沸。須臾樹木連根起，頃刻榱題貼水飛。

當時城中鼎沸，軍民將士，見水突至，都是水淥淥的爬墻上屋，攀木抱梁，老弱肥胖的，衹好上臺上桌。轉眼間，連桌凳也浮起來，房屋傾圮，都做了水中魚鱉。城外李俊、二張、三阮，乘着飛江、天浮，逼近城來，恰與城垣高下相等。軍士攀緣上城，各執利刃，砍殺守城士卒。又有軍士乘木筏衝來，城垣被衝，無不傾倒。張雄正在城樓上叫苦不迭，被張橫、張順從飛江上城，手執樸刀，喊一聲，搶上樓來，一連砍翻了十餘個軍卒，衆人亂竄逃生。張雄躲避不迭，被張橫一樸刀砍翻，張順趕上前，肐察的一刀，剁下頭來。比及水勢四散退去，城內軍民，沉溺的，壓殺的，已是無數。梁柱門扇，窗欞什物，尸骸順流壅塞南城。城中衹有避暑宮，乃是北齊神武帝所建，基址高固，當下附近軍民，一齊搶上去，挨擠踐踏，死的也有二千餘人。連那高阜及城垣上，一總所存軍民，僅千餘人。城外百姓，却得盧先鋒密喚裏保，傳諭居民，預先擺布，鑼聲一響，即時都上高阜。况城外四散空闊，水勢去的快，因此城外百姓，不致湮没。

當下混江龍李俊，領水軍據了西門；船火兒張橫，同浪裏白跳張順，奪了北門；立地太歲阮小二、短命二郎阮小五，占了東門；活閻羅阮小七，奪了南門。四門俱竪起宋軍旗號。至晚水退，現出平地，李俊等大開城門，請盧先鋒等軍馬入城。城中鷄犬不聞，尸骸山積。雖是張雄等惡貫滿盈，李俊這條計策，也忒慘毒了。那千餘人，

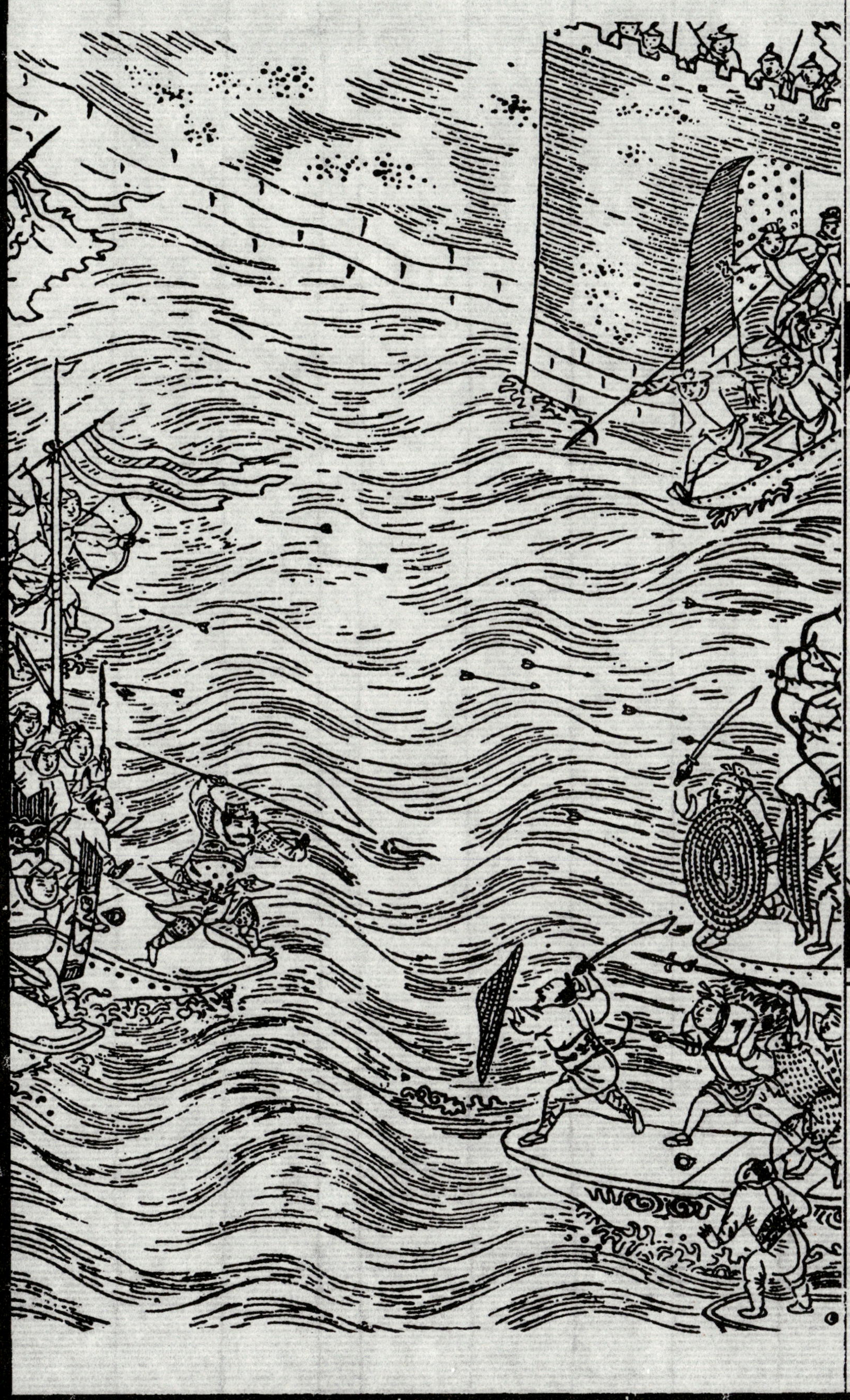

四散的跪在泥水地上，插燭也似磕頭乞命。盧俊義查點這伙人中，衹有十數個軍卒，其餘都是百姓。項忠、徐岳爬在帥府後傍屋的大檜樹上，見水退，溜將下來，被南軍獲住，解到盧先鋒處。盧俊義教斬首示衆。給發本縣府庫中銀兩，賑濟城内外被水淹的百姓。差人往宋先鋒處報捷。一面令軍士埋葬尸骸，修築城垣房屋，召民居住。

不説盧俊義在太原縣撫綏料理，再説太原未破時，田虎統領十萬大軍，因雨在銅鞮山南屯扎，探馬報來，鄔國舅病亡，郡主、郡馬即退軍到襄垣，殯殮國舅。田虎大驚，差人襄垣城中傳旨，着瓊英在城中鎮守，着全羽前來聽用，并問爲何差往襄垣人役，都不來回奏。

次日雨霽，平明時分，流星探馬飛報將來，説宋江差孫安、馬靈，領兵前來拒敵。田虎聽報大怒道：『孫安、馬靈，都受我高官厚禄，今日反叛，情理難容。待寡人親自去問他。卿等努力，如有擒得二人者，千金賞，萬户侯。』當下田虎親自驅兵向前，與宋兵相對。北軍觀看宋軍旗號，原來是病尉遲孫立、鐵笛仙馬麟。北陣前金瓜密布，鐵斧齊排，劍戟成行，旗幡作隊。那九曲飛龍赭黄傘下，玉轡金鞍，銀鬃白馬上，坐着那個草頭大王田虎。出到陣前，親自督戰。南陣後，宋江統領吴用、孫新、顧大嫂、王英、扈三娘、孫立、朱仝、燕順兵馬又到。宋江也親自督戰。

田虎聞説是宋江，方欲遣將出陣，擒捉宋江，衹聽得飛馬報道：『關勝等連破榆社、大谷兩個城池；西路盧俊義軍馬又打破平遥、介休兩縣，被他引水灌了太原城池，城中兵將，不留一個；右丞相卞祥扎寨綿山，與花榮等相持，被盧俊義從太原領兵，後面殺來。卞丞相當不得兩面夾攻，大敗虧輸，卞祥被盧俊義活捉過陣去。盧俊義同關勝合兵一處，將沁源縣圍得鐵桶相似。』田虎聽罷，大驚無措，忙傳令旨，便教收軍，退保威勝城内。

當下李天錫等押住陣脚，薛時、林昕、胡英、唐昌保護田虎先行。衹聽的銅鞮山北，炮聲振響，被宋江密教魯智深、劉唐、鮑旭、項充、李衮，統領精勇步兵，抄出銅鞮山北，分兩路殺奔前來。田虎急驅御林軍馬來戰，忽被馬靈、孫安領兵馬從東鏖斜裏殺來。馬靈脚踏風火二輪，將金磚望北軍亂打。孫安揮雙劍砍殺。二將領兵，突入北陣，如入無人之境，把北軍衝做兩截。北軍雖有十萬之衆，被吴用籌畫這三路兵馬，横衝直撞縱横亂殺，北軍大敗，殺得星落雲散，七斷八續。當下僞尚書李天錫等保護田虎，望東衝殺逃奔，却被魯智深等領着標槍、團牌、飛刀手，衝開血路，殺奔前來。又把李天錫、鄭之瑞、薛時、林昕等軍馬，衝散奔西。田虎手下，雖是御林軍馬，挑那最精勇的，他們自來與官軍鬥敵，從未曾見有恁般凶猛的，今日如何抵當得住！

當下田虎左右，衹有都督胡英、唐昌、總管葉清，及金吾校尉等將，領着五千敗殘軍馬，擁護奔逃。正在危急，忽的又有一彪軍馬，從東突至。田虎見了，仰天大嘆道：『天喪我也！』北軍看那彪軍馬中，當先一個俊龐年少將軍，頭戴青巾幘，身穿緑戰袍，手執梨花槍，坐匹高頭雪白卷毛馬，旗號上寫的分明，乃是『中興平南先鋒郡馬全羽』。那時葉清緊隨田虎，看了旗號，奏知田虎。田虎傳旨，快教郡馬救駕。那全郡馬近前，下馬跪奏道：『臣啓大王：甲胄在身，不能俯伏，臣該萬死。』田虎道：『赦卿無罪。』全郡馬又奏道：『事在危急，奉請大王到襄垣城中，權避敵鋒。待臣同郡主殺退宋兵，再請大王到威勝大内，計議良策，恢復基業。』田虎大喜，傳下令旨，即望襄垣進發。全郡馬在後面，抵當追趕的兵將。田虎等衆，已到襄垣城下，背後喊殺連天，追趕將來。襄垣城上守城將士看見，連忙開城門，放吊橋。胡英引兵在前，軍士聽見後面趕來，一擁搶進城去，也顧不得什麽大王。

胡英剛進得城門，猛聽得一聲梆子響，兩邊伏兵齊發，將胡英及三千餘人，都趕入陷坑中去，被軍士把長槍亂搠，可憐三千餘人，不留半個。城中大叫：『田虎要活的！』田虎見城中變起，方知是計，急勒馬往北奔走。張清、葉清拍馬趕來，田虎那匹好馬行得快，張清、葉清領軍士追趕不上，已離了一箭之地，衹見田虎馬前，忽地起陣旋風，風中現出一個女子，大叫道：『奸賊田虎，我仇家夫婦，都被汝害了，今日走到那裏去？』就女子身旁，又起一陣陰風，望田虎劈面滚來，那女子寂然不見。田虎坐下馬，忽然驚躍嘶鳴，田虎落馬墮地，被張清、葉清趕上，跳下馬來，同軍士一擁上前擒住。唐昌領衆挺槍驟馬來救。張清見唐昌來，疾忙上馬，拈一石子飛來，

教關勝、秦明、雷橫、陳達、楊春、楊林、周通領兵去解救索超等。

次日，宋江已破李天錫等于銅鞮山。一面差人申報陳安撫說：『賊巢已破，賊首已擒，請安撫到威勝城中料理。』宋江統領大兵，已到威勝城外，盧俊義等迎接入城。宋江出榜，安撫百姓。盧俊義將卞祥解來。宋江見卞祥狀貌魁偉，親釋其縛，以禮相待。卞祥見宋江如此意氣，感激歸降。次日，張清、瓊英、葉清將田虎、田豹、田彪囚載陷車，解送到來。瓊英同了張清，雙雙的拜見伯伯宋先鋒。瓊英拜謝王英等昔日冒犯之罪。宋江叫將田虎等監在一邊，待大軍班師，一同解送東京獻俘。即教置酒，與張清、瓊英慶賀。當日有威勝屬縣武鄉守城將士方順等，將軍民戶口册籍、倉庫錢糧，前來獻納。宋江賞勞畢，仍令方順依舊鎮守。宋江在威勝城一連過了兩日，探馬報到，說關勝等到榆社縣，同索超、湯隆内外夾攻，殺了北將房學度。北軍死者五千餘人，其餘軍士都降。宋江大喜，對衆將道：『都賴衆兄弟之力，得成平寇之功。』即細細標寫衆將功勞及張清、瓊英擒賊首、搗賊巢的大功。又過了三四日，關勝兵馬方到，又報陳安撫兵馬也到了。

宋江統領將佐，出郭迎接入城，參見已畢，陳安撫稱贊道：『將軍等五月之內，成不世之功。下官一聞擒捉賊首，先將表文差人馬上馳往京師奏凱，朝廷必當重封官爵。』宋江再拜稱謝。

次日，瓊英來稟，欲往太原石室山，尋覓母親尸骸埋葬，宋江即命張清、葉清同去，不題。

宋江稟過陳安撫，將田虎宫殿院宇，珠軒翠屋，盡行燒毁。又與陳安撫計議，發倉廪賑濟各處遭兵被火居民。修書申呈宿太尉，寫表申奏朝廷，差戴宗即日起行。戴宗齎表文書札，趕上陳安撫差的賫奏官，一同入進東京，先到宿太尉府前，依先尋了楊虞候，將書呈遞。宿太尉大喜。明日早朝，并陳安撫表文，一同上達天聽。道君皇帝龍顔喜悅，敕宋江等料理候代，班師回京，封官受爵。戴宗得了這個消息，即日拜辭宿太尉，離了東京，明日未牌時分，便到威勝城中，報知陳安撫、宋先鋒。

王慶見是個賣卦的，他已有嬌秀這樁事在肚裏，又遇着昨日的怪事，他便叫道：『李先生，這裏請坐。』那先生道：『尊官有何見教？』口裏説着，那雙眼睛，骨渌渌的把王慶從頭上直看至脚下。王慶道：『在下欲卜一數。』李助下了傘，走進青藥鋪中，對錢老兒拱手道：『攪擾！』便向單葛布衣袖裏摸出個紫檀課筒兒，開了筒蓋，取出一個大定銅錢，遞與王慶道：『尊官那邊去對天默默地禱告。』王慶接了卦錢，對着炎炎的那輪紅日，彎腰唱喏。却是疼痛，彎腰不下，好似那八九十歲老兒，硬着腰，半揖半拱的兜了一兜，仰面立着禱告。那邊李助看了，悄地對錢老兒猜説道：『用了先生膏藥，一定好得快，想是打傷的。』錢老道：『他見什麽板凳作怪，踢閃了腰肋。適才走來，説話也是氣喘，貼了我兩個膏藥，如今腰也彎得下了。』李助道：『我説是個閃朒的模樣。』王慶禱告已畢，將錢遞與李助。那李助問了王慶姓名，將課筒搖着，口中念道：

日吉辰良，天地開張。聖人作易，幽贊神明。包羅萬象，道合乾坤。與天地合其德，與日月合其明，與四時合其序，與鬼神合其吉凶。今有東京開封府王姓君子，對天買卦。甲寅旬中，乙卯日，奉請周易文王先師、鬼谷先師、袁天綱先師，至神至聖，至福至靈，指示疑迷，明彰報應。

李助將課筒發了兩次，迭成一卦，道是水雷屯卦，看了六爻動静，便問：『尊官所占何事？』王慶道：『問家宅。』李助搖着頭道：『尊官莫怪小子直言，屯者，難也，你的灾難方興哩！有幾句斷詞，尊官須記着。』李助搖着一把竹骨折迭油紙扇兒，念道：

家宅亂縱横，百怪生灾家未寧。非古廟，即危橋。白虎銜凶官病遭。有頭無尾何曾濟，見貴凶驚訟獄交。人口不安遭跌蹼，四肢無力拐兒撬。從改换，是非消。逢着虎龍鷄犬日，許多煩惱禍星招。

當下王慶對着李助坐地，當不得那油紙扇兒的柿漆臭，把皂羅衫袖兒掩着鼻聽他。李助念罷，對王慶道：『小子據理直言，家中還有作怪的事哩！須改過遷居，方保無事。明日是丙辰日，要仔細哩！』王慶見他説得凶險，也没了主意，取錢酬謝了李助。李助出了藥鋪，撑着傘望東去了。當有府中五六個公人衙役，見了王慶，便道：『如何在這裏閑話？』王慶把見怪閃朒的事説了，衆人都笑。王慶道：『列位，若府尹相公問時，須與做兄弟的周全則個！』衆人都道：『這個理會得。』説罷，各自散去。

王慶回到家中，教老婆煎藥。王慶要病好，不止兩個時辰，把兩服藥都吃了。又要藥行，多飲了幾杯酒。兩個直睡到次日辰牌時分，方才起身。梳洗畢，王慶因腹中空虚，暖些酒吃了。正在吃早飯，兀是未完，祇聽得外面叫道：『都排在家麽？』婦人向板壁縫看了道：『是兩個府中人。』王慶聽了這句話，便呆了一呆，祇得放下飯碗，抹抹嘴，走將出來，拱拱手問道：『二位光降，有何見教？』那兩個公人道：『都排真個受用！清早兒臉上好春色！太爺今早點名，因都排不到，大怒起來。我們兄弟輩替你禀説見怪閃朒的事，他那裏肯信？便起了一枝簽，差我們兩個來請你回話。』把簽與王慶看了。王慶道：『如今紅了臉，怎好去參見？略停一會兒才好。』那兩個公人道：『不干我們的事，太爺立等回話。去遲了，須帶累我們吃打。快走！快走！』兩個扶着王慶便走。王慶的老婆慌忙走出來問時，丈夫已是出門去了。

兩個公人扶着王慶進了開封府，府尹正坐在堂中虎皮交椅上。兩個公人帶王慶上前禀道：『奉老爺鈞旨，王慶拿到。』王慶勉强朝上磕了四個頭。府尹喝道：『王慶，你是個軍健，如何怠玩，不來伺候？』王慶又把那見怪閃朒的事，細禀一遍道：『實是腰肋疼痛，坐卧不寧，行走不動，非敢怠玩。望相公方便。』府尹聽罷，又見王慶臉紅，大怒喝道：『你這厮專一酗酒爲非，幹那不公不法的事，今日又捏妖言，欺誑上官！』喝教扯下去打。王慶那裏分説得開？當下把王慶打得皮開肉綻，要他招認捏造妖書，煽惑愚民，謀爲不軌的罪。王慶今日被官府拷打，死去再醒。吃打不過，祇得屈招。府尹録了王慶口詞，叫禁子把王慶將刑具枷杻來釘了，押上死囚牢裏，要問他個捏造妖書，謀爲不軌的死罪。禁子將王慶扛抬入牢去了。

原來童貫密使人分付了府尹，正要尋罪過擺撥他，可可的撞出這節怪事來。那時府中上下人等，誰不知道嬌秀這件勾當，都紛紛揚揚地說開去：「王慶爲這節事得罪，如今一定不能個活了。」那時蔡京、蔡攸耳朵裏頗覺不好聽，父子商議，若將王慶性命結果，此事愈真，醜聲一發播傳。于是密挽心腹官員，與府尹相知的，教他速將王慶刺配遠惡軍州，以滅其迹。蔡京、蔡攸擇日迎娶嬌秀成親，一來遮掩了童貫之羞，二來滅了衆人議論。

且說開封府尹遵奉蔡太師處心腹密話，隨即升廳。那日正是辛酉日，叫牢中提出王慶，除了長枷，斷了二十脊杖，喚個文筆匠刺了面頰，量地方遠近，該配西京管下陝州牢城。當廳打一面十斤半團頭鐵葉護身枷釘了，貼上封皮，押了一道牒文，差兩個防送公人，叫做孫琳、賀吉，監押前去。三人出開封府來，祇見王慶的丈人牛大户接着，同王慶、孫琳、賀吉到衙前南街酒店裏坐定。牛大户叫酒保搬取酒肉，吃了三杯兩盞，牛大户向身邊取出一包散碎銀兩遞與王慶道：「白銀三十兩，把與你路途中使用。」王慶用手去接道：「生受泰山！」牛大户推着王慶的手道：「這等容易！我等閑也不把銀兩與你，你如今配去陝州，一千餘里，路遠山遥，知道你幾時回來？你調戲了別人家女兒，却不耽悮了自己的妻子！老婆誰人替你養？又無一男半女，田地家産可以守你。你須立紙休書，自你去後，任從改嫁，日後并無爭執。如此，方把銀子與你。」王慶平日會花費，思想：「我囊中又無十兩半斤銀兩，這陝西如何去得？」左思右算，要那銀兩使用，嘆了兩口氣道：「罷，罷！祇得寫紙休書。」牛大户一手接紙，一手交銀，自回去了。

王慶同了兩個公人到家中來收拾行囊包裹，老婆已被牛大户接到家中去了，把個門兒鎖着。王慶向鄰舍人家借了斧鑿，打開門户，到裏面看時，凡老婆身上穿着的，頭上插戴的，都將去了。王慶又惱怒，又悽慘。央間壁一個周老婆子，到家備了些酒食，把與公人吃了，將銀十兩送與孫琳、賀吉道：「小人棒瘡疼痛，行走不動，欲將息幾日，方好上路。」孫琳、賀吉得了錢，也是應允，怎奈蔡攸處挽心腹催促公人起身。王慶將家伙什物胡亂變賣了，交還了胡員外家賃房。

此時王慶的父王砉，已被兒子氣瞎了兩眼，另居一處，兒子上門，不打便罵。今日聞得兒子遭官司刺配，不覺心痛，教個小廝扶着，走到王慶屋裏，叫道：「兒子呀，你不聽我的訓誨，以致如此。」說罷，那雙盲昏眼內，掉下泪來。王慶從小不曾叫王砉一聲爺的，今值此家破人離的時節，心中也酸楚起來，叫聲道：「爺，兒子今日遭恁般屈官司，叵耐牛老兒無禮，逼我寫了休妻的狀兒，才把銀子與我。」王砉道：「你平日是愛妻子，孝丈人的，今日他如何這等待你？」王慶聽了這兩句搶白的話，便氣憤憤的不來睬着爺，徑同兩個公人，收拾出城去了。王砉頓足捶胸道：「是我不該來看那逆種！」復扶了小廝自回，不題。

却說王慶同了孫琳、賀吉離了東京，賃個僻靜所在，調治十餘日，棒瘡稍愈，公人催促上路，迤邐而行，望陝州投奔。此時正是六月初旬，天氣炎熱，一日止行得四五十里，在路上免不得睡死人床，吃不滚湯。三個人行了十五六日，過了嵩山。一日正在行走，孫琳用手向西指着遠的山峰說道：「這座山叫做北邙山，屬西京管下。」三人說着話，趁早凉，行了二十餘里。望見北邙山東，有個市鎮，祇見四面村農，紛紛的投市中去。那市東人家稀少處，丁字兒列着三株大柏樹。樹下陰陰，祇見一簇人亞肩迭背的圍着一個漢子，赤着上身，在那陰凉樹下吆吆喝喝地使棒。

三人走到樹下歇凉。王慶走得汗雨淋灕，滿身蒸濕，帶着護身枷，挨入人叢中。踮起脚看那漢使棒。看了一歇兒，王慶不覺失口笑道：「那漢子使的是花棒。」那漢正使到熱鬧處，聽了這句話，收了棒看時，却是個配軍。那漢大怒，便罵：「賊配軍，俺的槍棒遠近聞名，你敢開了那鳥口，輕慢我的棒，放出這個屁來！」丢下棒，提起拳頭，劈臉就打。祇見人叢中走出兩個少年漢子來攔住道：「休要動手！」便問王慶道：「足下必是高手。」王慶道：「亂道這一句，惹了那漢子的怒。小人槍棒也略曉得些兒。」那邊使棒的漢子怒罵道：「賊配軍，你敢與我原來童貫、蔡攸使人分付了府尹，正要尋罪過擺撥他，可可的撞出這節怪事來。那時府中上下人等，誰不知道嬌秀這件勾當，都紛紛揚揚的說開去：「王慶為這節事得罪，如今一定不能個活了。」那時蔡京、蔡攸耳朵裏頗覺不好聽，父子商議，若將王慶性命結果，此事愈真，醜聲一發播傳。于是密挽心腹官員，與府尹相知的，教他速將王慶刺配遠惡軍州，以滅其跡。蔡京、蔡攸擇日迎娶嬌秀成親，一來遮掩了童貫之羞，二來滅了眾人議論。

且說開封府尹遵奉蔡太師處心腹密話，隨即升廳。那日正是辛酉日，叫牢中提出王慶，除了長枷，斷了二十脊杖，喚個文筆匠刺了面頰，量地方遠近，該配西京管下陝州牢城。當廳打一面十斤半團頭鐵葉護身枷釘了，貼上封皮，押了一道牒文，差兩個防送公人，叫做孫琳、賀吉，監押前去。二人出開封府來，只見王慶的丈人牛大戶接着，同王慶、孫琳、賀吉到衙前南街酒店裏坐定。牛大戶叫酒保搬取酒肉，吃了三杯兩盞，牛大戶向身邊取出一包散碎銀兩，遞與王慶道：「白銀三十兩，把與你路途中使用。」王慶用手去接道：「生受泰山！」牛大戶推着王慶的手道：「這等容易！我等閑也不把銀兩與你。你如今配去陝州，一千餘里，路遠山遙，知道你幾時回來？你調戲了別人家女兒，卻不害了自己的妻子！老漢又無一男半女，田地家產可以守你。你須立紙休書，自你去後，任從改嫁，日後并無爭執。如此，方把銀子與你。」王慶平日會花費，思想：「我囊中又無十兩半斤銀兩，這陝西如何去得？」左思右算，要那銀兩使用，嘆了兩口氣道：「罷，罷！」只得寫了休書。牛大戶一手接紙，一手交銀，自回去了。

王慶同了兩個公人到家中來收拾，老婆已被牛大戶接到家中去了，把個門兒鎖着。王慶向鄰舍人家借了斧鑿，打開門戶，到裏面看時，凡老婆身上穿着的，頭上插戴的，都將去了。王慶又悔又恨，央間壁一個周老婆子，到家備了些酒食，央及公人吃了。將銀十兩送與孫琳、賀吉道：「小人棒瘡疼痛，行走不動，欲將息幾日，方好上路。」孫琳、賀吉得了錢，也是應允，恐蔡攸處催促公人起身。王慶將家伙什物胡亂變賣了，交還了胡員外家賃房。

此時王慶的父王書，已被兒子氣得一雙眼，另居一處。兒子上門，不打便罵。今日聞得兒子遭官司刺配，不覺心痛，教個小廝扶着，走到王慶屋裏，叫道：「兒子呀，你不聽我的訓誨，以致如此。」說罷，那雙盲眼內，撲下淚來。王慶從小不曾叫王書一聲爺的，今值此家破人離的時節，心中也酸楚起來，叫聲道：「爺，兒子今日遭徒配官司，叵耐牛老兒無禮，逼我寫了休妻的狀兒，才把銀子與我。」王書道：「你平日是愛妻子，孝丈人的，今日他如何這等待你？」王慶聽了這兩句搶白的話，便氣憤憤的不來睬着爺，徑同兩個公人，收拾出城去了。王書頓足捶胸道：「是我不該來看那迷魂寨！」便扶了小廝自回，不題。

却說王慶同了孫琳、賀吉離了東京，賃個僻靜所在，調治十餘日，棒瘡稍愈，公人催促上路，迤邐而行。望陝州投奔。此時正是六月初旬，天氣炎熱，一日止行得四五十里。在路上免不得睡死人床，吃不瘥湯。三個人行了十五六日，過了嵩山。一日正在行走，孫琳用手向西指着遠遠的山峰說道：「這座山喚做北邙山，屬西京管下。」三人說着話，趁早涼，行了二十餘里，望見北邙山東，有個市鎮，只見四面村農，紛紛的投市中去。那市東人家稀少處，丁字兒列着三株大柏樹。樹下陰陰，只見一簇人亞肩迭背的圍着一個漢子，赤着上身，在那陰涼樹下吆吆喝喝地使棒。三人走到樹下歇涼。王慶走得汗雨淋漓，滿身蒸濕，帶着護身枷，挨入人叢中，踮起腳看那漢使棒。看了一歇兒，王慶不覺失口笑道：「那漢子使的是花棒。」那漢正使到熱鬧處，聽了這句話，收了棒看時，卻是個配軍。那漢大怒，便罵：「賊配軍，俺的槍棒遠近聞名，你敢開了那鳥口，輕慢我的棒，放出這個屁來！」丟下棒，提起拳頭，劈臉就打。只見人叢中走出兩個少年漢子來攔住道：「休要動手！」便問王慶道：「足下必是高手。」王慶道：「亂道這一句，惹了那漢子的怒。小人槍棒也略曉得些兒。」那邊使棒的漢子怒罵道：「賊配軍，你敢與我

第一百三回　張管營因妾弟喪身　范節級爲表兄醫臉

話説王慶在龔家村龔端莊院内，乘着那杲日初升，清風徐來的凉晨，在打麥場上柳陰下點撥龔端兄弟，使拳拽腿，忽的有個大漢子，秃着頭，不帶巾幘，綰個丫髻，穿一領雷州細葛布短敞衫，系一條單紗裙子，拖一雙草涼鞋兒，捏着一把三角細蒲扇，仰昂着臉，背叉着手，擺進來，見是個配軍在那裏點撥。他昨日已知道邙東鎮上有個配軍，贏了使槍棒的，恐龔端兄弟學了斤節，開口對王慶罵道：『你是個罪人，如何在路上挨脱，在這裏哄騙人家子弟？』王慶祇道是龔氏親戚，不敢回答。原來這個人正是東村黃達，他也乘早凉，欲到龔家村西盡頭柳大郎處討賭帳，聽得龔端村裏吆吆喝喝，他平日欺慣了龔家弟兄，因此徑自闖將進來。

龔端見是黃達，心頭一把無明火高舉三千丈，按納不住，大罵道：『驢牛射出來的賊亡八！前日賴了我賭錢，今日又上門欺負人！』黃達大怒罵道：『搗你娘的腸子！』丢了蒲扇，提了拳頭，搶上前望龔端劈臉便打。王慶聽他兩個出言吐氣，也猜着是黃達了，假意上前來勸，祇一枷，望黃達膀上打去。黃達撲通的攧個脚梢天，挣扎不迭，被龔端、龔正并兩個莊客，一齊上前按住，拳頭脚尖，將黃達脊背、胸脯、肩胛、脅肋、膀子、臉頰、頭額，四肢無處不着拳脚，祇空得個舌尖兒。當下衆人將黃達踢打一個没算數，把那葛敞衫、紗裙子扯得粉碎。黃達口裏祇叫道：『打得好！打得好！』赤條條的一毫絲綫兒也没有身上，當有防送公人孫琳、賀吉，再三來勸，龔端等方才住手。黃達被他們打壞了，祇在地上喘氣，那裏挣扎得起？龔端叫三四個莊客，把黃達扛到東村半路上草地裏撇下，赤日中曬了半日。黃達那邊的鄰舍莊家出來藝草，遇見了，扶他到家，卧床將息，央人寫了狀詞，去新安縣投遞報辜，不在話下。

却説龔端等鬧了一個早起，叫莊客搬出酒食，請王慶等吃早膳。王慶道：『那廝日後必來報仇廝鬧。』龔端道：『這賊王八窮出鳥來，家裏祇有一個老婆。左右鄰里祇礙他的膂力。今日見這賊亡八打壞了，必不肯替他出力氣。若是死了，拼個莊客，償他的命，便吃官司，也説不得；若是不死，祇是個互相厮打的官司。今日全賴師父報了仇，師父且喝杯酒，放心在此，一發把槍棒教導了愚弟兄，必當補報。』龔端取出兩錠銀，各重五兩，送與兩個公人，求他再寬幾日。孫琳、賀吉得了錢，祇得應允。自此一連住了十餘日，把槍棒斤節，盡傳與龔端、龔正。因公人催促起身，又聽得黃達央人到縣裏告准，龔端取出五十兩白銀送與王慶，到陝州使用。起個半夜，收拾行囊包裹，天未明時，離了本莊。龔端叫兄弟帶了若干銀兩，又來護送。于路無話，不則一日，來到陝州。孫琳、賀吉帶了王慶到州衙，當廳投下了開封府文牒。州尹看驗明白，收了王慶，押了回文，與兩個公人回去，不在話下。州尹隨即把王慶帖發本處牢城營來，公人討收管回話，又不必説。

當下龔正尋個相識，將些銀兩，替王慶到管營差撥處買上囑下的使用了。那個管營姓張，雙名世開，得了龔正賄賂，將王慶除了行枷，也不打什麽殺威棒，也不來差他做生活，發下單身房内，由他自在出入。

不覺得過了兩個月，時遇秋深天氣。忽一日，王慶正在單身房裏閑坐，祇見一個軍漢走來説道：『管營相公唤你。』王慶隨了軍漢，來到點視廳上磕了頭。管營張世開説道：『你來這裏許多時，不曾差遣你做什麽。我要買一張陳州來的好角弓，那陳州是東京管下，你是東京人，必知價值真假。』説罷，便向袖中摸出一個紙包兒，親手遞與王慶道：『紋銀二兩，你去買了來回話。』王慶道：『小的理會得。』接了銀子，來到單身房裏，拆開紙包，看那銀子果是雪丢，將等子稱時，反重三四分。王慶出了本營，到府北街市上弓箭鋪中，止用得一兩七錢銀子，買了一張真陳州角弓，將回來，張管營已不在廳上了。王慶將弓交與内宅親隨伴當送進去，喜得落了他三錢銀子。明日張世開又唤王慶到點視廳上説道：『你却幹得事來，昨日買的角弓甚好。』王慶道：『相公須教把火來放在弓厢裏，不住地焙方好。』張世開道：『這個曉得。』從此張世開日日差王慶買辦食用供應，却是不比前日發出現銀來，給了一本帳簿，教王慶將日日逐買的，都登記在簿上。那行鋪人家，那個肯賒半文？王慶祇得取出己財，買了送進衙門内去。張世開嫌好道歉，非打即駡。及至過了十日，將簿呈遞，稟支價銀，那裏有毫忽兒發出來？如是月餘，被張管營或五棒，或十棒，或二十，或三十，前前後後，總計打了三百餘棒，將兩腿都打爛了，把龔端送的五十兩銀子，賠費得罄盡。

一日，王慶到營西武功牌坊東側首，一個修合丸散、賣飲片兼内外科、撮熟藥、又賣杖瘡膏藥的張醫士鋪裏，買了幾張膏藥，貼療杖瘡。張醫士一頭與王慶貼膏藥，一頭口裏説道：『張管營的舅爺龐大郎，前日也在這裏取膏藥，貼治右手腕。他説在邙東鎮上跌壞的，咱看他手腕像個打壞的。』王慶聽了這句話，忙問道：『小人在營中，如何從不曾見面？』張醫士道：『他是張管營小夫人的同胞兄弟，單諱個元字兒。那龐夫人是張管營最得意的。那龐大郎好的是賭錢，又要使槍棒耍子。虧了這個姐姐，常照顧他。』王慶聽了這一段話，九分猜是『前日在柏樹下被俺打的那廝，一定是龐元了，怪道張世開尋罪過擺布俺』。王慶别了張醫士，回到營中，密地與管營的一個親隨小廝，買酒買肉的請他，又把錢與他，慢慢的密問龐元詳細。那小廝的説話，與前面張醫士一般，更有兩句備細的話，説道：『那龐元前日在邙東鎮上被你打壞了，常在管營相公面前恨你。你的毒棒，祇恐兀是不能免哩！』正是：

好勝誇强是禍胎，謙和守分自無災。祇因一棒成仇隙，如今加利奉還來。

當下王慶問了小廝備細，回到單身房時，嘆口氣道：『不怕官，祇怕管。前日偶爾失口，説了那廝，贏了他棒，却不知道是管營心上人的兄弟。他若擺布得我要緊，祇索逃走他處，再作道理。』便悄地到街坊，買了一把解手尖刀，藏在身邊，以防不測。如此又過十數日，幸得管營不來呼唤，棒瘡也覺好了些。

忽一日，張管營又叫他買兩匹緞子。王慶有事在心，不敢怠惰，急急地到鋪中買了回營。張管營正坐在點視廳上，王慶上前回話。張世開嫌那緞子顔色不好，尺頭又短，花樣又是舊的，當下把王慶大駡道：『大膽的奴才！你是個囚徒，本該差你挑水搬石，或鎖禁在大鏈子上。今日差遣你奔走，是十分抬舉你。你這賊骨頭，却是不知好歹！』駡得王慶頓口無言，插燭也似磕頭求方便。張世開喝道：『權且寄着一頓棒，速將緞匹换上好的來。限你今晚回話，若稍遲延，你須仔細着那條賊性命！』王慶祇得脱出身上衣服，向解庫中典了兩貫錢，添錢買换上好的緞子，抱回營來。跋涉久了，已是上燈後了，祇見營門閉着。當直軍漢説：『黑夜裏誰肯擔這干系，放你進去？』王慶分説道：『蒙管營相公遣差的。』那當直軍漢那裏肯聽！王慶身邊尚有剩下的錢，送與當直的，方才放他進去，却是又被他纏了一回。捧了兩匹緞子，來到宅門外，那守内宅門的説道：『管營相公和大奶奶厮鬧，在後面小奶奶房裏去了；大奶奶却是利害得緊，誰敢與你傳話，惹是招非？』王慶思想道：『他限着今晚回話，如何又恁般阻拒我？却不是故意要害我，明日那頓惡棒怎脱得過？這條性命，一定送在那賊亡八手裏，俺被他打了三百餘棒，報答那一棒的仇恨也夠了。前又受了龔正許多銀兩，今日直恁如此翻臉擺布俺！』

那王慶從小惡逆，生身父母也再不來觸犯他的。當下逆性一起，道是『恨小非君子，無毒不丈夫』，一不做，二不休，挨到更餘，營中人及衆囚徒都睡了，悄地踅到内宅後邊，爬過墻去，輕輕的拔了後門的栓兒，藏過一邊。那星光之下，照見墻垣内東邊有個馬厩，西邊小小一間屋，看時，乃是個坑厠。王慶掇那馬厩裏一扇木栅，竪在二重門的墻邊，從木栅爬上墻去，從墻上抽起木栅，竪在裏面，輕輕溜將下去。先拔了二重門栓，藏過木栅，裏面又是墻垣。祇聽得墻裏邊笑語喧嘩。王慶踅到墻邊，伏着側耳細聽，認得是張世開的聲音，一個婦人聲音，又是一個男子聲音，却在那裏喝酒閑話。王慶竊聽多時，忽聽得張世開説道：舅子，那廝明日來回話，那條性命，祇在棒下。』又聽得那個男子説道：『我算那廝身邊東西，也七八分了，姐夫須决意與我下手，出這口鳥氣！』張世開答道：『祇在明後日教你快活罷了！』那婦人道：『也夠了！你們也索罷休！』那男子道：『姐姐説那裏話？你莫管！』王慶在墻外聽他每三個一遞一句，説得明白，心中大怒，那一把無明業火高舉三千丈，按納不住，恨不得有金剛般神力，推倒那粉墻，搶進去殺了那厮每。正是：

爽口物多終作病，快心事過必爲殃。金風未動蟬先覺，無常暗送怎提防！

當下王慶正在按納不住，衹聽得張世開高叫道：『小廝，點燈照我往後面去登東厠。』王慶聽了這句，連忙掣出那把解手尖刀，將身一堆兒蹲在那株梅樹後，衹聽得呀的一聲，那裏面兩扇門兒開了。王慶在黑地裏觀看，却是日逐透遞消息的那個小廝，提個行燈，後面張世開擺將出來。不知暗裏有人，望着前衹顧走，到了那二重門邊，罵道：『那些奴才們一個也不小心，如何這早晚不將這栓兒栓了？』那小廝開了門，照張世開。方才出得二重門，王慶悄悄地挨將上來。張世開聽得後面脚步響，回轉頭來，衹見王慶右手掣刀，左手叉開五指，搶上前來。張世開把那心肝五臟，都提在九霄雲外，叫聲道：『有賊！』説時遲，那時快，被王慶早落一刀，把張世開齊耳根連脖子砍着，撲地便倒。那小廝雖是平日與王慶厮熟，今日見王慶拿了明晃晃一把刀在那裏行凶，怎的不怕？却待要走，兩隻脚一似釘住了的，再要叫時，口裏又似啞了的，喊不出來，端的驚得呆了。張世開正在掙命，王慶趕上，照後心又刺一刀，結果了性命。

龐元正在姐姐房中吃酒，聽得外面隱隱的聲喚，點燈不迭，急跑出來看視。王慶見裏面有人出來，把那提燈的小廝衹一脚，那小廝連身帶燈跌去，燈火也滅了。龐元衹道張世開打小廝，他便叫道：『姐夫，如何打那小廝？』却待上前來勸，被王慶飛搶上前，暗地裏望着龐元一刀刺去，正中脅肋。龐元殺猪也似喊了一聲，攧翻在地。王慶揪住了頭髮，一刀割下頭來。龐氏聽得外面喊聲凶險，急叫丫鬟點燈，一同出來照看。王慶看見龐氏出來，也要上前來殺。你道有恁般怪事！説也不信。王慶那時轉眼間，便見龐氏背後有十數個親隨伴當，都執器械，趕喊出來。王慶慌了手脚，搶出外去，開了後門，越過營中後墻，脱下血污衣服，揩凈解手刀，藏在身邊。聽得更鼓，已是三更，王慶乘那街坊人靜，踅到城邊。那陝州是座土城，城垣不甚高，濠塹不甚深，當夜被王慶越城去了。

且不説王慶越城，再説張世開的妾龐氏衹同得兩個丫鬟，點燈出來照看，原無甚伴當同他出來。他先看見了兄弟龐元血淥淥的頭在一邊，體在一邊，唬得龐氏與丫鬟都面面厮覷，正如分開八片頂陽骨，傾下半桶冰雪水，半晌價説不出話。當下龐氏三個，連跌帶滚，戰戰兢兢地跑進去，聲張起來，叫起裏面親隨，外面當值的軍牢，打着火把，執着器械，都到後面照看。衹見二重門外，又殺死張管營，那小廝跌倒在地，尚在掙命，口中吐血，眼見得不能彀活了。衆人見後門開了，都道是賊在後面來的，一擁到門外照看，火光下照見兩匹彩緞，抛在地下，衆人齊聲道是王慶。連忙查點各囚徒，衹有王慶不在。當下鬧動了一營，及左右前後鄰舍衆人，在營後墻外，照着血污衣服，細細檢認，件件都是王慶的。衆人都商議，趁着未開城門，去報知州尹，急差人搜捉。此時已是五更時分了。州尹聞報大驚，火速差縣尉檢驗殺死人數及行凶人出没去處，一面差人教將陝州四門閉緊，點起軍兵并緝捕人員、城中坊廂裏正，逐一排門搜捉凶人王慶。閉門鬧了兩日，家至户到，逐一挨查，并無影迹。州尹押了文書，委官下該管地方各處鄉保都村，排家搜捉，緝捕凶首。寫了王慶鄉貫、年甲、貌相、模樣，畫影圖形，出一千貫信賞錢。『如有人知得王慶下落，赴州告報，隨文給賞。如有人藏匿犯人在家食宿者，事發到官，與犯人同罪。』遍行鄰近州縣，一同緝捕。

且説王慶當夜越出陝州城，抓扎起衣服，從城濠淺處，去過對岸，心中思想道：『雖是逃脱了性命，却往那裏去躲避好？』此時是仲冬將近，葉落草枯，星光下看得出路徑。王慶當夜轉過三四條小路，方才有條大路。急忙忙的奔走，到紅日東昇，約行了六七十里，却是望着南方行走，望見前有人家稠密去處。王慶思想身邊尚有一貫錢，且到那裏買些酒食吃了，再算計投那裏去。不多時，走到市裏，天氣尚早，酒肉店尚未開哩。衹有朝東一家屋檐下，挂個安歇客商的破燈籠兒，是那家昨晚不曾收得，門兒兀是半開半掩。王慶上前，呀的一聲推進門去，衹見一個人兀未梳洗，從裏面走將出來。王慶看時，認得『這個乃是我母姨表兄院長范全。他從小隨父親在房州經紀得利，因此就充做本州兩院押牢節級。今春三月中，到東京公幹，也在我家住過幾日』。當下王慶叫道：『哥哥別來無恙！』范全也道：『是像王慶兄弟。』見他這般模樣，臉上又刺了兩行金印，正在疑慮，未及回答。那邊王慶見左右無人，托地跪下道：『哥哥救兄弟則個！』范全慌忙扶起道：『你果是王慶兄弟麽？』王慶搖手道：『禁聲！』范全會意，一把挽住王慶袖子，扯他到客房中，却好范全昨晚揀賃的是獨宿房兒。范全悄地忙問：『兄弟何故如此模樣？』王慶附耳低言的將那吃官司刺配陝州的事，述了一遍。次後説張世開報仇忒狠毒，昨夜已如此如此。

范全聽罷大驚，躊躇了一回，急急地梳洗吃飯，算還了房錢飯錢，商議教王慶祗做軍牢跟隨的人，離了飯店，投奔房州來。王慶于路上問范全爲何到此，范全説道：『蒙本處州尹差往陝州州尹處投遞書札，昨日方討得回書，隨即離了陝州，因天晚在此歇宿。却不知兄弟正在陝州，又做出恁般的事來。』范全同了王慶，夜止曉行，潛逃到房州。才過得兩日，陝州行文挨捕凶人王慶。范全捏了兩把汗，回家與王慶説知：『城中必不可安身。城外定山堡東，我有幾間草房，又有二十餘畝田地，是前年買下的。如今發幾個莊客在那裏耕種，我兄弟到那裏避躲幾日，却再算計。』范全到黑夜裏引王慶出城，到定山堡東草房内藏匿。却把王慶改姓改名，叫做李德。范全思想王慶臉上金印不穩，幸得昔年到建康，聞得神醫安道全的名，用厚幣交結他，學得個療金印的法兒，却將毒藥與王慶點去了，後用好藥調治，起了紅疤，再將金玉細末，塗搽調治，二月有餘，那疤痕也消磨了。

光陰荏苒，過了百餘日，却是宣和元年的仲春了。官府挨捕的事，已是虎頭蛇尾，前緊後慢。王慶臉上没了金印，也漸漸地闖將出來，衣服鞋襪，都是范全周濟他。一日，王慶在草房内悶坐，忽聽得遠遠的有喧嘩厮鬧的聲，王慶便來問：『莊客，何處恁般熱鬧？』莊客道：『李大官不知，這裏西去一里有餘，乃是定山堡内段家莊。段氏兄弟向本州接得個粉頭，搭戲臺，説唱諸般品調。那粉頭是西京來新打踅的行院，色藝雙絶，賺得人山人海價看。大官人何不到那裏睃一睃？』王慶聽了這話，那裏耐得脚住？一徑來到定山堡。祗因王慶走到這個所在，有分教：配軍村婦諧姻眷，地虎民殃毒一方。

畢竟王慶那裏觀看，真個有粉頭説唱也不，且聽下回分解。

第一百四回　段家莊重招新女婿　房山寨雙并舊强人

話説當下王慶闖到定山堡，那裏有五六百人家，那戲臺却在堡東麥地上。那時粉頭還未上臺，臺下四面有三四十隻桌子，都有人圍擠着在那裏擲骰賭錢。那擲色的名兒，非止一端，乃是：

六風兒、五麽子、火燎毛、朱窩兒。

又有那攧錢的，蹲踞在地上，共有二十餘簇人。那攧錢的名兒也不止一端，乃是：

渾沌兒、三背間、八叉兒。

好些擲色，在那裏呼麽喝六，攧錢的在那裏唤字叫背，或夾笑帶罵，或認真厮打。那輸了的，脱衣典裳，褫巾剥襪，也要去翻本，廢事業，忘寢食，到底是個輸字。那贏的，意氣揚揚，東擺西摇，南闖北踅的尋酒頭兒再做，身邊便袋裏，搭膊裏，衣袖裏，都是銀錢。到後捉本算帳，原來贏不多，贏的都被把梢的、放囊的拈了頭兒去。不説賭博光景，更有村姑農婦，丢了鋤麥，撇了灌菜，也是三三兩兩，成群作隊，仰着黑泥般臉，露着黄金般齒，呆呆地立着，等那粉頭出來。看他一般是爹娘養的，他便如何恁般標致，有若干人看他。當下不但鄰近村坊人，城中人也趕出來睃看，把那青青的麥地，踏光了十數畝。

話休絮繁。當下王慶閑看了一回，看得技癢。見那戲臺裏邊，人叢裏，有個彪形大漢，兩手靠着桌子，在杌子上坐地。那漢生的圓眼大臉，闊肩細腰，桌上堆着五貫錢，一個色盆，六隻骰子，却無主顧與他賭。王慶思想道：『俺自從吃官司到今日，有十數個月，不曾弄這個道兒了。前日范全哥哥把與我買柴薪的一錠銀在此，將來做個梢兒，與那厮擲幾擲，贏幾貫錢回去買果兒吃。』當下王慶取出銀子，望桌上一丢，對那漢道：『胡亂擲一回。』那漢一眼瞅着王慶説道：『要擲便來。』説還未畢，早有一個人向那前面桌子邊人叢裏挨出來，貌相長大，與那坐下的大漢仿佛相似，對王慶説道：『秃秃，他這錠怎好出主？將銀來，我有錢在此。你贏了，每貫祗要加利二十文。』王慶道：『最好！』與那人打了兩貫錢，那人已是每貫先除去二十文。王慶道：『也罷！』隨即與那漢講過擲朱窩兒。方擲得兩三盆，隨有一人捱下來，出主等擲。那王慶是東京積賭慣家，他信得盆口真，又會躲閃打浪，又狡猾奸詐，下拱主作弊。那放囊的乘鬧裏趕過那邊桌上去了，那挨下來的，説王慶擲得凶，收了去，祇替那漢拈頭兒。王慶一口氣擲贏了兩貫錢，得了采，越擲得出，三紅四聚，祇管撒出來。那漢性急翻本，擲下便是絶，塌脚、小四不脱手。王慶擲了九點，那漢偏調出倒八來，無一個時辰，把五貫錢輸個罄盡。

王慶贏了錢，用繩穿過兩貫，放在一邊，待尋那漢贖梢。又將那三貫穿縛停當，方欲將肩來負錢，那輸的漢子喝道：『你待將錢往那裏去？祇怕是才出爐的，熱的熬炙了手。』王慶怒道：『你輸與我的，却放那鳥屁？』那漢睜圓怪眼罵道：『狗弟子孩兒，你敢傷你老爺！』王慶罵道：『村撮鳥，俺便怕你把拳打在俺肚裏拔不出來，不將錢去！』那漢提起雙拳，望王慶劈臉打來，王慶側身一閃，就勢接住那漢的手，將右肘向那漢胸脯祇一搪，右脚應手，將那漢左脚一勾。那漢是蠻力，那裏解得這跌法，撲通地望後擷翻，面孔朝天，背脊着地。那立攏來看的人，都笑起來。那漢却待掙扎，被王慶上前按住，照實落處祇顧打。那在先放囊的走來，也不解勸，也不幫助，祇將桌上的錢都搶去了。王慶大怒，弃了地上漢子，大踏步趕去，祇見人叢裏閃出一個女子來，大喝道：『那廝不得無禮！有我在此！』王慶看那女子，生得如何：

眼大露凶光，眉粗横殺氣。腰肢坌蠢，全無裊娜風情；面皮頑厚，惟賴粉脂鋪翳。异樣釵環插一頭，時興釧鐲露雙臂。頻搬石臼，笑他人氣喘急促；常掇井欄，誇自己膂力不費。針綫不知如何拈，拽腿牽拳是長技。

那女子有二十四五年紀。他脱了外面衫子，卷做一團，丢在一個桌上，裏面是箭杆小袖緊身，鸚哥緑短襖，下穿一條大襠紫夾綢褲兒，踏步上前，提起拳頭，望王慶打來。王慶見他是女子，又見他起拳便有破綻，有意耍他，故意不用快跌，也拽雙拳吐個門户，擺開解數，與那女子相撲。但見：

拽開大四平，踢起雙飛脚。仙人指路，老子騎鶴。拗鸞肘出近前心，當頭炮勢侵額角。翹跟淬地龍，扭腕擎天橐。這邊女子，使個蓋頂撒花；這裏男兒，耍個繞腰貫索。兩個似迎風貼扇兒，無移時急雨催花落。

那時粉頭已上臺做笑樂院本，衆人見這邊男女相撲，一齊走攏來，把兩人圍在圈子中看。那女子見王慶祇辦得架隔遮攔，没本事鑽進來，他便覷個空，使個黑虎偷心勢，一拳望王慶劈心打來。王慶將身一側，那女子打個空，收拳不迭。被王慶就勢扭捽定，祇一交，把女子擷翻。剛剛着地，順手兒又抱起來。這個勢，叫做虎抱頭。王慶道：『莫污了衣服。休怪俺衝撞，你自來尋俺。』那女子毫無羞怒之色，倒把王慶贊道：『嘖嘖，好拳脚！果是斤節！』那邊輸錢吃打的，與那放囊搶錢的兩個漢子，分開衆人，一齊上前喝道：『驢牛射的狗弟子孩兒，恁般膽大！怎敢跌我妹子？』王慶喝罵道：『輸敗腌臢村烏龜子，搶了俺的錢，反出穢言！』搶上前，拽拳便打。祇見一個人從人叢裏搶出來，横身隔住了一雙半人，六個拳頭，口裏高叫道：『李大郎，不得無禮！段二哥、段五哥，也休要動手！都是一塊土上人，有話便好好地説！』王慶看時，却是范全。三人真個住了手。

范全連忙向那女子道：『三娘拜揖。』那女子也道了萬福，便問：『李大郎是院長親戚麽？』范全道：『是在下表弟。』那女子道：『出色的好拳脚！』王慶對范全道：『叵耐那廝自己輸了錢，反教同伙兒搶去了。』范全笑道：『這個是二哥、五哥的買賣，你如何來鬧他？』那邊段二、段五四隻眼瞅着看妹子。那女子説道：『看范院長面皮，不必和他争鬧了。拿那錠銀子來！』段五見妹子勸他，又見妹子奢遮，『是我也是輸了』，祇得取出那錠原銀，遞與妹子三娘。那三娘把與范全道：『原銀在此，將了去！』説罷，便扯着段二、段五，分開衆人去了。范全也扯了王慶，一徑回到草莊内。

范全埋怨王慶道：『俺爲娘面上，擔着血海般膽，留哥哥在此。倘遇恩赦，再與哥哥營謀。你却怎般没坐性！那段二、段五，最刁潑的。那妹子段三娘，更是滲瀨，人起他個綽號兒，喚他做大蟲窩。良家子弟，不知被他誘又喊道：『妹子，三娘，快起來！你床上招了個禍胎也！』段三娘正在得意處，反嗔怪段二，便在床上答道：『夜晚間有甚事，恁般大驚小怪？』段二又喊道：『火燎鳥毛了！你們兀是不知死活！』王慶心中本是有事的人，教老婆穿衣服，一同出房來問，衆婦人都跑散了。

王慶方出房門，被段二一手扯住，來到前面草堂上，却是范全在那裏叫苦叫屈，如熱鍋上螞蟻，没走一頭處，隨後段太公、段五、段三娘都到。却是新安縣龔家村東的黄達，調治好了打傷的病，被他訪知王慶踪迹實落處，昨晚到房州報知州尹，州尹張顧行，押了公文，便差都頭，領着士兵，來捉凶人王慶，及窩藏人犯范全并段氏大衆。范全因與本州當案薛孔目交好，密地裏先透了個消息。范全弃了老小，一溜烟走來這裏，『頃刻便有官兵來也！衆人個個都要吃官司哩』！衆人跌脚捶胸，好似掀翻了抱鷄窠，弄了許多慌來，却去罵王慶，羞三娘。

正在鬧吵，衹見草堂外東厢裏走出算命的金劍先生李助，上前説道：『列位若要免禍，須聽小子一言！』衆人一齊上前擁着來問。李助道：『事已如此，三十六策，走爲上策！』衆人道：『走到那裏去？』李助道：『衹這裏西去二十里外，有座房山。』衆人道：『那裏是强人出没去處。』李助笑道：『列位恁般呆！你們如今還想要做好人？』衆人道：『却是怎麽？』李助道：『房山寨主廖立，與小子頗是相識。他手下有五六百名嘍囉，官兵不能收捕，事不宜遲，快收拾細軟等物，都到那裏入伙，方避得大禍。』方翰等六個男女，恐怕日後捉親屬連累，又被王慶、段三娘十分攛掇，衆人無可如何，衹得都上了這條路。把莊裏有的没的細軟等物，即便收拾，盡教打迭起了，一壁點起三四十個火把。王慶、段三娘、段二、段五、方翰、丘翔當頭，方翰、丘翔、施俊保護女子在中。幸得那五個女子，都是鋤頭般的脚，却與男子一般的會走。段三娘、段二、段五在後，把莊上前後都放把火，發聲喊，衆人都執器械，一哄望西而走。鄰舍及近村人家，平日畏段家人物如虎，今日見他每明火執仗，又不知他們備細，都閉着門，那裏有一個敢來攔當。

王慶等方行得四五里，早遇着都頭士兵，同了黄達，跟同來捉人。都頭上前，早被王慶手起刀落，把一個斬爲兩段。李助、段三娘等一擁上前，殺散士兵，黄達也被王慶殺了。王慶等一行人來到房山寨下，已是五更時分。李助計議，欲先自上山，訴求廖立，方好領衆人上山入伙。寨内巡視的小嘍囉，見山下火把亂明，即去報知寨主。那廖立疑是官兵，他平日欺慣了官兵没用，連忙起身，披挂綽槍，開了栅寨，點起小嘍囉，下山拒敵。王慶見山上火起，又有許多人下來，先做準備。當下廖立直到山下，看見許多男女，料道不是官兵。廖立挺槍喝道：『你這伙鳥男女，如何來驚動我山寨，在太歲頭上動土？』李助上前躬身道：『大王，是劣弟李助。』隨即把王慶犯罪殺管營，殺官兵的事，略述一遍。廖立聽李助説得王慶恁般了得，更有段家兄弟幫助，『我衹一身，恐日後受他們氣』。翻着臉對李助道：『我這個小去處，却容不得你們。』王慶聽了這句，心下思想：『山寨中衹有這個主兒，先除了此人，小嘍囉何足爲慮？』便挺樸刀，直搶廖立。那廖立大怒，拈槍來迎。段三娘恐王慶有失，挺樸刀來相助。三個人鬥了十數合，三個人裏倒了一個。正是：瓦罐不離井上破，强人必在鏑前亡。

畢竟三人中倒了那一個，且聽下回分解。

第一百五回　宋公明避暑療軍兵　喬道清回風燒賊寇

說話王慶、段三娘與廖立鬥不過六七合，廖立被王慶覷個破綻，一樸刀搠翻，段三娘趕上，復一刀結果了性命。廖立做了半世强人，到此一場春夢。王慶提樸刀喝道：『如有不願順者，廖立爲樣！』衆嘍囉見殺了廖立，誰敢抗拒，都投戈拜服。王慶領衆上山，來到寨中，此時已是東方發白。那山四面都是生成的石室，如房屋一般，因此叫做房山，屬房州管下。當日王慶安頓了各人老小，計點嘍囉，盤查寨中糧草、金銀、珍寶、錦帛、布匹等項，殺牛宰馬，大賞嘍囉，置酒與衆人賀慶。衆人遂推王慶爲寨主。一面打造軍器，一面訓練嘍囉，準備迎敵官兵，不在話下。

且說當夜房州差來擒捉王慶的一行都頭土兵人役，被王慶等殺散，有逃奔得脱的，回州報知州尹張顧行說：『王慶等預先知覺，拒敵官兵，都頭及報人黄達都被殺害。那伙凶人，投奔西去。』張顧行大驚，次早計點土兵，殺死三十餘名，傷者四十餘人。張顧行即日與本州鎮守軍官計議，添差捕盗官軍及營兵，前去追捕。因强人凶狠，官兵又損折了若干。房山寨嘍囉日衆，王慶等下山來打家劫舍。張顧行見賊勢猖獗，一面行下文書，仰屬縣知會守御本境，撥兵前來，協力收捕，一面再與本州守御兵馬都監胡有爲計議剿捕。胡有爲整點營中軍兵，擇日起兵前去剿捕。兩營軍忽然鼓噪起來，却是爲兩個月無錢米關給，今日癟着肚皮，如何去殺賊？張顧行聞變，衹得先將一個月錢米給散。衹因這番給散，越激怒了軍士。却是爲何？當事的，平日不將軍士撫恤節制，直到鼓噪，方才給發請受，已是驕縱了軍心。更有一樁可笑處，今日有事，那扣頭常例又與平日一般克剥。他們平日受的克剥氣多了，今日一總發泄出來。軍情洶洶，一時發作，把那胡有爲殺死。張顧行見勢頭不好，衹護着印信，預先躲避。城中無主，又有本處無賴，附和了叛軍，遂將良民焚劫。那强賊王慶，見城中變起，乘勢領衆多嘍囉來打房州。那些叛軍及烏合奸徒，反隨順了强人。因此王慶得志，遂被那廝占據了房州爲巢穴。那張顧行到底躲避不脱，也被殺害。

王慶劫擄房州倉庫錢糧，遣李助、段二、段五分頭于房山寨及各處立竪招軍旗號，買馬招軍，積草屯糧，遠近村鎮，都被劫掠。那些游手無賴及惡逆犯罪的人，紛紛歸附。那時龔端、龔正，向被黄達訐告，家産蕩盡，聞王慶招軍，也來入了伙。鄰近州縣，衹好保守城池，誰人敢將軍馬剿捕？被强人兩月之内，便集聚了二萬餘人，打破鄰近上津縣、竹山縣、鄖鄉縣三個城池。鄰近州縣，申報朝廷，朝廷命就彼處發兵剿捕。宋朝官兵，多因糧餉不足，兵失操練，兵不畏將，將不知兵。一聞賊警，先是聲張得十分凶猛，使士卒寒心，百姓喪膽。及至臨陣對敵，將軍怯懦，軍士餒弱。怎禁得王慶等賊衆，都是拼着性命殺來，官軍無不披靡。因此，被王慶越弄得大了，又打破了南豐府。到後東京調來將士，非賄蔡京、童貫，即賂楊戬、高俅，他們得了賄賂，那管什麽庸懦。那將士費了本錢，弄得權柄上手，恣意克剥軍糧，殺良冒功，縱兵擄掠，騷擾地方，反將赤子迫逼從賊，自此賊勢漸大，縱兵南下。李助獻計，因他是荆南人，仍扮做星相入城，密糾惡少奸棍，裏應外合，襲破荆南城池。遂拜李助爲軍師，自稱楚王。遂有江洋大盗，山寨强人，都來附和。三四年間，占據了宋朝六座軍州。王慶遂于南豐城中，建造寶殿、内苑、宫闕，僭號改元。也學宋朝，僞設文武職臺，省院官僚，内相外將。封李助爲軍師都丞相，方翰爲樞密，段二爲護國統軍大將，段五爲輔國統軍都督，范全爲殿帥，龔端爲宣撫使，龔正爲轉運使——專管支納出入、考算錢糧，邱翔爲御營使，僞立段氏爲妃。自宣和元年作亂以來，至宣和五年春，那時宋江等正在河北征討田虎，于壺關相拒之日，那邊淮西王慶又打破了雲安軍及宛州，一總被他占了八座軍州。那八座乃是：

南豐　荆南　山南　雲安　安德　東川　宛州　西京

那八處所屬州縣，共八十六處。王慶又于雲安建造行宫，令施俊爲留守官，鎮守雲安軍。

初時，王慶令劉敏等侵奪宛州時，那宛州鄰近東京，蔡京等瞞不過天子，奏過道君皇帝，敕蔡攸、童貫征討王慶，

來救宛州。蔡攸、童貫兵無節制，暴虐士卒，軍心離散。因此，被劉敏等殺得大敗虧輸，所以陷了宛州，東京震恐。蔡攸、童貫懼罪，祇瞞着天子一個。賊將劉敏、魯成等勝了蔡攸、童貫，遂將魯州、襄州圍困。却得宋江等平定河北班師，復奉詔征討淮西。真是席不暇暖，馬不停蹄，統領大兵二十餘萬，向南進發。才渡黃河，省院又行文來催促陳安撫、宋江等兵馬星馳來救魯州、襄州。宋江等冒着暑熱，汗馬馳驅，由粟縣、氾水一路行來，所過秋毫無犯。大兵已到陽翟州界。賊人聞宋江兵到來，魯州、襄州二處都解圍去了。

那時張清、瓊英、葉清看剮了田虎，受了皇恩，奉詔協助宋江征討王慶。張清等離了東京，已到潁昌州半月餘了。聞宋先鋒兵到，三人到軍前迎接。參見畢，備述蒙恩褒封之事。宋江以下，稱贊不已。宋江命張清等在軍中聽用。

宋江請陳安撫、侯參謀、羅武諭等駐扎陽翟城中，自己大軍，不便入城。宋江傳令，教大軍都屯扎于方城山樹林深密陰蔭處，以避暑熱。又因軍士跋涉千里，中暑疲困者甚多，教安道全置辦藥料，醫療軍士。再教軍士搭蓋涼廡，安頓馬匹，令皇甫端調治，刻剮鬣毛。吳用道：『大兵屯于叢林，恐敵人用火。』宋江道：『正要他用火。』宋江却教軍士再去于本山高岡涼蔭樹下，用竹蓬茅草，蓋一小小山棚。當有河北降將喬道清會意，來稟宋江道：『喬某感先鋒厚恩，今日願略效微勞。』宋江大喜，密授計于喬清道，往山棚中去了。宋江挑選軍士强健者三萬人，令張清、瓊英管領一萬兵，往東山麓埋伏；令孫安、卞祥也管領一萬人馬，往西山麓埋伏。『祇聽我中軍轟天炮響，一齊殺出。』將糧草都堆積于山南平麓，教李應、柴進領五千軍士看守。

分撥甫定，忽見公孫勝說道：『兄長籌畫甚妙！但如此溽暑，軍士往來疲病，倘賊人以精鋭突至，我兵雖十倍于衆，必不能取勝。待貧道略施小術，先降了衆人煩躁，軍馬涼爽，自然强健。』說罷，便仗劍作法，脚踏魁罡二字，左手雷印，右手劍訣，凝神觀想，向巽方取了生氣一口，念咒一遍。須臾，涼風颯颯，陰雲冉冉，從本山嶺岫中噴薄出來，彌漫了方城山一座，二十余萬人馬，都在涼風爽氣之中。除此山外，依舊是銷金鑠鐵般烈日，蜩蟬亂鳴，鳥雀藏匿。宋江以下衆人，十分歡喜，稱謝公孫勝神功道德。如是六七日，又得安道全療人，皇甫端調馬，軍兵馬匹，漸漸强健，不在話下。

且説宛州守將劉敏，乃賊中頗有謀略者，賊人稱爲劉智伯。他探知宋江兵馬，屯扎山林叢密處避暑。他道：『宋江這伙，終是水泊草寇，不知兵法，所以不能成大事。待俺略施小計，管教那二十萬軍馬，焦爛一半！』隨即傳令，挑選輕捷軍士五千人，各備火箭、火炮、火炬，再備戰車二千輛，裝載蘆葦乾柴，及硫黄焰硝引火之物。每車一輛，令四人推送。此時是七月中旬新秋天氣，劉敏引了魯成、鄭捷、寇猛、顧岑四員副將，及鐵騎一萬人披軟戰，馬摘鑾鈴，在後接應。劉敏留下偏將韓喆、班澤等，鎮守城池。劉敏等衆，薄暮離城，恰遇南風大作。劉敏大喜道：『宋江等這伙人合敗！』賊兵行至三更時分，才到方城山南二里外，忽然霧氣彌漫山谷。劉敏道：『天助俺成功！』教軍士在後擂鼓吶喊助威，令五千軍士，衹向山林深密處衹顧將火箭、火炮、火炬射打焚燒上去。教寇猛、畢勝催趲推車軍士，將火點着，向山麓下屯糧處燒來。衆人正奮勇上前，忽的都叫道：『苦也！苦也！』却有恁般奇事，南風正猛，一霎時，却怎麽就轉過北風！又聽得山上霹靂般一聲響聲，被喬道清使了回風返火的法，那些火箭、火炬都向南邊賊陣裏飛將來，却似千萬條金蛇火龍，烈焰騰騰的向賊兵飛撲將來，賊兵躲避不迭，都燒得焦頭爛額。當下宋軍中有口號四句，單笑那劉敏，道是：

軍機固難測，賊人妄擘劃。放火自燒軍，好個劉智伯。

那時宋先鋒教凌振將號炮施放，那炮直飛起半天裏振響。東有張清、瓊英，西有孫安、卞祥，各領兵衝殺過來。賊兵大敗虧輸。魯成被孫安一劍，揮爲兩段。鄭捷被瓊英一石子打下馬來，張清再一槍，結果了性命。顧岑被卞祥搠死。寇猛被亂兵所殺。二萬三千人馬，被火燒兵殺，折了一大半，其餘四散逃竄。二千輛車，燒個盡絶。衹有劉敏同三四百敗殘軍卒，向前逃奔，到宛州去了。宋軍不曾燒毁半莖柴草，也未嘗損折一個軍卒，奪獲馬匹、衣甲、金鼓甚多。張清、孫安等得勝回到山寨獻功。孫安獻魯成首級，張清、瓊英獻鄭捷首級，卞祥南顧岑首級。宋江各各賞勞，標寫喬道清頭功及張清、瓊英、孫安、卞祥功次。

吴用道：『兄長妙算，已喪賊膽，但宛州山水盤紆，丘原膏沃，地稱陸海，若賊人添撥兵將，以重兵守之，急切難克。目今金風却暑，玉露生凉，軍馬都已强健，當乘我軍威大振，城中單弱，速往攻之，必克。然須别分兵南北屯扎，以防賊人救兵衝突。』宋江稱善，依計傳令，教關勝、秦明、楊志、黄信、孫立、宣贊、郝思文、陳達、楊春、周通統領兵馬三萬，屯扎宛州之東，以防賊人南來救兵；林沖、呼延灼、董平、索超、韓滔、彭玘、單廷珪、魏定國、歐鵬、鄧飛領兵三萬，屯扎宛州之西，以拒賊人北來兵馬。衆將遵令，整點軍馬去了。當有河北降將孫安等一十七員，一齊來禀道：『某等蒙先鋒收録，深感先鋒優禮。今某等願爲前部，前去攻城，少報厚恩。』宋江依允，遂令張清、瓊英統領孫安等十七員將佐，軍馬五萬爲前部。那十七員乃是：

孫安　馬靈　卞祥　山士奇　唐斌　文仲容　崔埜　金鼎　黄鉞
梅玉　金禎　畢勝　潘迅　楊芳　馮升　胡邁　葉清

當下張清遵令，統領將佐軍兵，望宛州征進去了。

宋江同盧俊義、吴用等，管領其餘將佐大兵，拔寨都起，離了方城山，望南進發，到宛州十里扎寨。令李雲、湯隆、陶宗旺監造攻城器具，推送張清等軍前備用。張清等衆將領兵馬將宛州圍得水泄不通。城中守將劉敏，是那夜中了宋江之計，衹逃脱得性命。到宛州，即差人往南豐王慶處申報，并行文鄰近州縣，求取救兵。今日被宋兵圍了城池，衹令堅守城池，待救兵至，方可出擊。宋兵攻打城池，一連六七日，城垣堅固，急切不能得下。宛州城北臨汝州，賊將張壽領救兵二萬前來，被林沖等殺其主將張壽，其餘偏牙將士及軍卒，都潰散去了。同日，又有宛州之南，安昌、義陽等縣救兵到來，被關勝等大敗賊兵，擒其將柏仁、張怡，送到宋江大寨正刑訖。二處斬獲甚多。

此時李雲等已造就攻城器具。孫安、馬靈等同心協力，令軍士囊土，四面擁堆距堙，逼近城垣。又選勇敢輕捷之士，用飛橋轉關轆轤，越溝塹，渡池濠，軍士一齊奮勇登城，遂克宛州，活擒守將劉敏，其餘偏牙將佐，殺死二十餘名，殺死軍士五千餘人，降者萬人。宋江等大兵入城，將劉敏正法梟示，出榜安民。標寫關勝、林沖、張清并孫安等衆將功次。差人到陽翟州陳安撫處報捷，并請陳安撫等移鎮宛州。陳安撫聞報大喜，隨即同了侯參謀、羅武諭來到宛州。宋江等出郭迎接入城，陳安撫稱贊宋江等功勛，是不必得說。

宋江在宛州料理軍務，過了十餘日，此時已是八月初旬，暑氣漸退。宋江對吴用計議道：『如今當取那一處城池？』吴用道：『此處南去山南軍，南極湖湘，北控關洛，乃是楚蜀咽喉之會。當先取此城，以分賊勢。』宋江道：『軍師所言，正合我意。』遂留花榮、林沖、宣贊、郝思文、吕方、郭盛輔助陳安撫等，管領兵馬五萬，鎮守宛州。陳安撫又留了聖手書生蕭讓，傳令水軍頭領李俊等八員，統駕水軍船隻，由泌水至山南城北漢江會集。宋江將陸兵分作三隊，辭別陳安撫，統領衆多將佐，并軍馬一十五萬，離了宛州，殺奔山南軍來。真個是：萬馬奔馳天地怕，千軍踴躍鬼神愁。

畢竟宋兵如何攻取山南，且聽下回分解。